天使の恋
テンシノコイ

sin

contents

プロローグ 理央・14歳 ———— 004

第一話 理央・17歳 ———— 007

第二話 日常 ———— 017

第三話 友達だから ———— 030

第四話 出逢い ———— 044
運命の電話／死の宣告／優しい声の人

第五話 温かい時間 ———— 057
あの人は…／理央からの電話／
わかり合いたい…

第六話 触れ合い ———— 070
授業／電話の向こうで

第七話 胸を締め付ける想い ——— 080
リハビリ／胸を締め付ける想い

第八話 新しい人生 ———— 094
何も無い…／カオリ

第九話 天使の恋 ———— 110

第十話 禁断の恋の始まり ———— 125

第十一話 対決 ———— 135

第十二話 友達の死んだ日 ——— 154

第十三話 嘆きの告白 ———— 165
懺悔／君を愛している

第十四話 死にたくない ———— 177
恋人たちの朝（一）／恋人たちの朝（二）／
友情／幸福の只中で…

第十五話 衝撃の事実 ———— 196
転換／衝撃の事実

第十六話 さようなら ———— 205
決意／希望／さようなら

第十七話 2人の絆 ———— 220
堕ちる天使／悪魔の罠／恋愛の終わり

第十八話 羽ばたき ———— 237

第十九話 再会 ———— 249

最終話 永遠の約束 ———— 257
遠くへ…／私が守る！／静かな海／
温もりを忘れない

エピローグ きっと見てくれてる ——— 281

あとがき ———— 284

cover design ＊ Akiko Omo
（大面晃子デザイン室）

プロローグ　理央・14歳

私が呼吸をやめたのは。
14歳のとき。

それまでの私は優しい両親と素敵な友達に囲まれた毎日。
友達が嬉(うれ)しければ私も嬉しい、悲しければ私も悲しい。
喜びも悲しみもみんなで分かち合えばこの世はとっても素晴らしくなる。
そう信じていた。

そのとき付き合ってたのは高校生の彼氏で、ちょっとワルそうなところがカッコイイと思ってた。
初体験は彼と……
私は世界で彼しか見えなかった。
毎日ワクワクしてるみたいな…訳もなく楽しくて…これが"恋"なんだなぁって思った。

そんなある日、彼の家でまったりしてると彼の友達という２人の男が来た。彼はアパートで１人暮らし。そして、彼と友達の雰囲気が急に変わって私を無理やり抱きよせた。
「やだ！　やめて！」

私は必死に叫んだけど男3人にかなう訳もない。3人は何度も私をレイプした。
最初は泣き叫んで抵抗したけどあきらめた……私は糸が切れた人形のようだった…ただひたすら男たちが疲れて飽きるのを待つだけだった…
そのとき以来、彼氏には逢っていない。
彼がなんであんなひどいことをしたのかわからなかった。
頭の整理ができていない私はまだ彼を想っていた。
しかもそのとき私は妊娠した。
私は赤ちゃんを産みたかった。
でもパパとママは大反対。結局おろした。
2人の言うことは理解できる。
レイプされてできた子供なんて不幸になるに決まってる…
父親が誰かもわからないし愛されないのだから。
パパとママは私に絶望した。
そして軽蔑の眼差しを向けた。
家も学校も息苦しくて……
呼吸をするのも嫌になるくらいだった……
昨日まで友達だった子も私を白い目で見た。
どうして彼氏があんなことをしたのか聞きたかったけど、連絡は取れなかった。
ここまできて私はやっと自分が騙されていたことに気がついた。初めから遊びで、ゲームのような感覚で私をレイプしたんだと……

夜になると赤ちゃんの夢を見た。
顔を見たこともない赤ちゃんの夢を毎晩のように……
なんにも信用できなくなって、私は自分しか愛さなくなった。
傷つけられるより傷つける側になる。
奪われるより奪う側に。
人は他人の痛みは決してわからない。
14歳になってわかった世の中の真理だ。
息苦しいのも呼吸をしなければ感じない。
そうして日常を過ごしているうちに、私は赤ちゃんの夢を見なくなった。
私をレイプしたやつらは援助交際で知り合った人に仕返ししてもらった。
いまだに精神科病院らしい。
よっぽどドギツイことをされたんだろう。
知り合ったその人は監禁と傷害で警察に捕まった。
私がチクった。
彼氏面(づら)がうざかったから。
その人の役目はそれで終わり。
そのあとはなんの使い道も見あたらないし。
私は捕まらなかった。
その人が私の気をひこうと思って勝手にやったことだから。

そうして私は17歳になった。

第一話　理央・17歳

小澤理央(おざわりお)。
私立聖和女子学園(せいわじょしがくえん)に通う17歳。
日本人とフランス人のハーフ。
パパが日本人。
ママがフランス人。
身長は168cm、ヘアスタイルは茶髪に縦ロール。
学校の成績は上位。
明るく活発。先生にはけっこう誉められる。
制服はブレザーで割と気に入ってる。よく聞く音楽は洋楽。
ビヨンセとか好き。
J-POPはあんまり聴かない。だからカラオケはいまいち……
好きなセレブはヴィクトリア・ベッカム。

友達はヒナ、ミホ、マキ。
この3人は高校1年からの付き合い。
ヒナは明るい茶髪のショートヘア。
唇がプックリしてる。
ミホは真っ黒い髪がツヤツヤのロングヘア。
鼻が高くて割とキレイ系。

マキは茶髪で肩くらいまでのセミロング。
私の彼氏の友達と付き合ってる。

私が今まで付き合った彼氏は２人。
今は大学生の彼氏がいる。
優しくて行動力があって…何よりも、私を好きっていうのが伝わってくる。
彼は最初、私のこと高校生に見えなかったって言ってた。
最初逢ったときは私服だったし、もともと大人っぽい。
バイトはファッション雑誌のモデル。
中学のときにスカウトされた。
街とか歩いてると知らない子にけっこう声をかけられる。
服はマルキュー系からGUCCI、Diorみたいなハイブランド系まで好き。私の宝物は友達。
趣味は"バービーちゃん"。

今まで話したのは建前。
パパとママのことは本当。
学校もバイトも友達も彼氏も趣味も本当。
ただ言葉が足りないかな。
友達は私の言うことを聞いてくれて役に立つ人。
じゃないとつるむ意味無い。

彼氏というカテゴリーに属する相手はいる。

名前はユウジ。
大学生でイベントサークルのリーダー。
仲間も多いし名前が知れたいい大学に通ってるけど、話すとわかる。
オツムはてんで弱い。
頭の中はセックスと遊びのことだけ。
私が身体を与えてあげれば飛びついてくる。
私にぞっこん。
ユウジは役に立つからセックスは割引してあげる。
私は彼氏？でもセックスするときはお金を取る。
これってあたりまえ。
お金を出すのがイヤな奴は他の女とヤレばいい。
だから援交もする。
金持ちのオジサンたちは喜んでお金を出す。
私の値段は一回で15万。
援交はヒナやマキ、ミホもやってる。
値段は知らないけど私よりは安いと思う。
私が男だったら、あのレベルに払うならいいとこ２万くらいだなぁ……２万でも高いかも。

あとは趣味の"バービーちゃん"だけど……
学校で適当に地味目な子を見つけて他の友達にいじめさせる。
それも徹底的に…とことん…

タイミングを見て私が助けてあげる。
もうそれだけでその子は私に感謝して、私の言うことはなんでも聞くようになっちゃう。
これで大好きな"バービーちゃん"の出来上がり。
"バービーちゃん"は私たちのグループに入れてあげる。
遊ぶときはみんなで楽しく遊ぶ。
仲間外れは絶対にしない。
買い物も、飲み会も、もちろん男も。

「今日の小テストどうだったぁ？」
マキがだるそうに聞く。
「ああ、あたし日本史は捨ててるから」
休み時間になると３人は私の机の周りによってくる。
私は日本史だけは苦手。
小学校の頃はハーフってことで男子にからかわれたりした。
だから国語や社会は頑張った。
それなりにいい点数も取れた。
でも最近はさっぱり…
他の教科はいいだけに、一つだけできないのはムカつく。
「ほら！　理央、始まるよ！」
教室の奥で１人の子が囲まれるのを見つけたヒナが教えてくれた。
３人組に教室のすみに追いやられる。
「あいつらいい仕事するよね」

マキが笑いをこらえて言う。
「今日で３週間目じゃない？」
ミホが手鏡を見ながら指をおって数えた。
「たしか今日じゃない？　助けてあげるの？」
ヒナはもの覚えがいい。
私はふーっと息を吐いた。
今日は仕上げの日だった。
ムカつく日本史のおかげで忘れてた。
いつもは人気の無い体育倉庫とかでいじめさせるけど、今日は助けてあげる日だから目立つところでやってくれないと。
ターゲットはクラスにいるトモ子っていう変なヤツ。
休み時間のたびにマンガ見てる。
友達もルイトモ。
でもナオコたちがいじめたらみんな散っていった。
トモ子は独りぼっち。
マンガのイベントだかでアキバに一緒に行ってた友達は巻き添えを避けてトモ子から離れた。
みんな知らんぷり。
この瞬間はいつも笑える。
まあ、ナオコたちのいじめがドギツイのもあるけど。

ナオコってのは両親が離婚して家は飲み屋。
少しグレてるけど私にとってはかけがえのない友達。

馬鹿だから勉強教えてあげたら「親友」とか言って喜んでた。
役に立つからグループに入れてあげた。裏方だけどね。
ナオコはいじめで家のストレスを発散している。
人間なんてこんなもの。
誰でもみんなが恐怖を与える側にまわろうとする。
受ける側にはなりたくないから。
奪われるくらいなら奪う。
ここんとこが理解できない奴は死ぬまで奪われる。
３週間のトモ子の悪夢はもうじき終わる。
トモ子は絶望を味わった。
ナオコたちにいじめられて、信じていた友達は知らんぷり。
先生に言ったらもっとひどくなるから言えない。
誰も助けてくれない。

「さあ、また遊ぼう♪」
ナオコと仲間のサナエ、イクコが無理やり壁にトモ子を押し付けた。
「おまえさあ、金持ってきたの？」
「ご…ごめんなさい…」
散々いじめたあとにナオコたちはトモ子に毎日のようにお金を請求した。
お金を渡せばいじめは軽減される…でもそんなこと続く訳がない。

「はあ!? 金無いの?」
「どんなつもりだよ!?」
「わ…私、もう無理だよ…」
消え入りそうなトモ子の言葉を聞いてナオコが言う。
「じゃあ服脱げよ」
「え…?」
「金が無いなら私たちが作ってやるよ。おまえのヘアヌード、エロ雑誌に売ってやるよ」
「いいね! それ!」
「ナオコ優しい〜♪」
残りの2人がトモ子を押さえ付けて服を脱がそうとする。
「やめてよ!! お願いだから…」
トモ子が泣きながら言えば言うほどナオコたちの楽しみが増していく。
ナオコの才能は自分の不幸を呪って思いっきり発散できるところ。
私にはトモ子の心の悲鳴が手に取るようにわかった。
どうして自分なんだろう?
ある日いきなり突き落とされた…
誰も助けてくれない深い井戸に。
助けて欲しい……!!

私たちは目で合図すると立ち上がった。
「ちょっとあなたたちいい加減にしなよ!!」

周りのヤジウマがサーッとどいてナオコたちの動きが止まった。
バツの悪そうな顔をして私を見る。
私がその間を歩いていくとマキ、ヒナ、ミホが続く。
「ひどくない、これ」
「かわいそう……」
「大丈夫？」
３人がトモ子をいたわる同情の眼差し。
私はナオコたちに怒りの眼差しを向ける。
「ねえ、ナオコさあ、私はあなたの友達だけどこういうの大嫌いなの」
「理央、こいつムカつくんだよ。なんだか…」
「とにかく私はこういうのが嫌い。いじめとか」
「ごめんなさい…わかったから…」
ナオコたちは教室から出ていった。
他の生徒も散って私たち４人がトモ子を囲んだ。
トモ子はブラウスの前をはだけさせて座り込んでいた。
まだ震えている。
私はしゃがみ込んで声をかけた。
「大丈夫？」
私の声に反応したトモ子は信じられないといった目で私を見た。
「おいでよ。屋上でも行こう！」
私が差しだした手を握るとトモ子は泣きだした。

私はトモ子を抱きしめてあげた。
私たちは屋上にトモ子を連れていった。
今日は風も無くて陽射(ひざ)しも暖かい。
ベンチにトモ子を座らせて私が隣に座る。
ヒナとマキとミホが隣のベンチに。
「ごめんね。ナオコはさぁ、家がいろいろあってね」
私はトモ子の顔をのぞき込んで謝った。
「もう大丈夫。いじめは無いから」
トモ子はまた泣きだした。
小刻みに肩を震わせて。
「どうかした？」
「あ、ありが…とう」
トモ子は泣きじゃくりながらお礼を言った。
「泣くなよ〜」
「泣くなって！」
「ね！ 泣いちゃだめだよ！」
３人が励ます。
「ねッ！」
私が背中を叩(たた)くとトモ子は頷(うなず)いて泣きながら笑った。
「そうそう、笑わなくっちゃあ」
「あっ！ 笑った笑った！」
みんなではやしたてると、トモ子は泣き顔をくしゃくしゃにして笑った。
「トモ子！ ほら！」

私はハイタッチのポーズ。トモ子がタッチしてきた。
パチン。
次は両手。
トモ子も両手を下に。
私がトモ子の手をパチン。
トモ子も私の手にタッチしようと手を振ると、私はさっと手をひっ込めた。
トモ子は空振り。
「鈍いねぇ」
私がふざけて言うとトモ子は喜んだ。
「イエーイ！」
私たち４人はトモ子が元気出たのを喜んで、顔を見合わせて親指を立てた。
これで"バービーちゃん"完成。

第二話　日常

トモ子にとって学校は地獄から天国に変わった。
私はトモ子がいつも読んでいるお気に入りのマンガを見せてもらった。
内容は……私が小学生のときに読んでいたようなヤツとほとんど変わらない。
トモ子はこんな恋愛がしたいのかと考えると笑える。
「ありがとう！　最後のほうは泣きそうになった」
一応最後まで読んだから。
こんなのに感動して泣くのはイカレてるとしか思えない。
でも友達は傷つけないようにしないと。
私がマンガを返すと、
「でしょう！　とくに……」
トモ子は嬉しそうに喋(しゃべ)りだした。
先月まではオタクの友達と喋っていた内容を私に聞かせる。
たしかに小学生のときより内容は過激になってるけど。学校でいきなりセックスして妊娠したり……
馬鹿だろオマエら？って感じで超ウケた。
「そうだ！　私ねぇ、今月の理央ちゃんがモデルしてる雑誌買ったの！」
「そうなの？　恥ずかしいな」

ファッション雑誌なんて初めて買ったでしょう？
ロールした髪をいじりながら思った。
「実はね、前から買ってたの。マンガの参考に」
トモ子は恥ずかしそうにうつむいて言った。
意外！　買ってたんだ!?　ファッション雑誌。
でも用途が違うけどね。
「マンガ描いてるの？　絵上手いんだ！」
マンガ描いてて下手じゃ救えない。
「そんな上手くはないけど……」
「今度見せてよ。トモ子のマンガ！」
別に見たくないけど。

次の日の放課後。
「ねえ、今日はどうする？」
「a.lifeでも行く？」
a.lifeっていうのは六本木にあるクラブ。
私のお気に入りの店だ。
「いいねえ!!」
「トモ子も行こうよ！」
私たちの後ろにトモ子がついてくる。
今までも一緒に109やプリクラのメッカに行った。トモ子の分は私がいつも奢ってあげる。
「えっ、じゃあ待ち合わせは何時？」
トモ子が聞いてきた。

「待ち合わせ？」
「しないよ。このまま行くから」
「で、でも制服だし……」
「私たち、理央のマンションに着替え置いてあるの」
ヒナが教えてあげる。
「理央ちゃんの家？」
「違うよ。まあ勉強部屋かな」

　タクシーに乗って私のマンションへ。
静脈センサーに手のひらをあてて中に入る。
オートロックは安心する。
26階にある部屋の間取りは3LDK。
「すごーいッ！！！」
トモ子は馬鹿みたいに口を開けて驚いた。
「"パパ"名義の部屋だけど」
援交相手のオジサンは人目を気にしないで私に逢える部屋が欲しくて部屋を用意した。
こんな部屋があと二つ。
ここにはクローゼットにみんなの服を置いてあげてる。
ここで着替えて遊びに行く。
"パパ"の手前、男は出入り禁止。
「トモ子、これ着なよ」
私はトモ子に服を渡した。
「こんな服……着たことない」

そりゃそうでしょう。センスが違う。
「こういうほうが似合いそうだよ。トモ子には」
「モデルの理央ちゃんが言うならそうだよね！」
トモ子は笑顔で頷いた。
「でもサイズが合わないかも…」
「大丈夫！　その服ゆるめだから」
私が言うとヒナとマキ、ミホが笑った。
「これもこれもあげるよ！」
私はいくつか洋服をトモ子に渡した。
「あと気に入ったのがあったら言って」
「そんな、悪いよ……」
トモ子が遠慮すると、
「友達だもの。遊びに行くときはどこでも一緒だよ」
見つめる私のナイス笑顔にトモ子はやられた。
そう、遠慮しちゃだめだよ。
何倍にもして返してもらうから。
お洒落が終わったらa.lifeへ。
大音量の音楽は心を独りにしてくれる。
カクテルを飲みながらホールを見ると、トモ子が３人と嬉しそうに踊っている。こっちを見て手を振る。
私も手を振り返した。
明日は学校がないから朝まで遊べる。
みんな席に戻ってきた。
携帯の画面を見て時間を確認。

「そろそろ渋谷(しぶや)のほうに行こうか？」
「@tom(アトム)？」
私が言うとマキが聞いてきた。
「そう。ユウジが来てるから」
「オッケー！」
「じゃあ行きますか！」
ヒナ、ミホが立ち上がった。
トイレでメイクを直してから行くことになった。
「たまにはこういうとこもいいよね！　私は来れないけど」
洗面台の前に陣取っている私たちの後ろからトモ子が言う。
「なんで!?　どうして来れないの!?」
私は意外な感じで問いつめる。
「だって、お金かかるし」
「お金は稼がなきゃ！　私たち、稼いでるよ！」
ここからが最終段階。
"バービーちゃん"が天国に行けるかいじめ地獄に戻るか…
私たちは毎週のようにクラブ遊び。
当然トモ子も一緒に来たい。なんてったってこの前まで仲良しの友達に助けてもらえなかったから。
私たちから離れたらまたナオコたちにいじめられる。
こんな馬鹿でもそれは直感的にわかってる。
「でも、みんなどうやってバイトしてるの？　そんないいのあるの？」

「それがあるんだよね。稼ぐ秘訣が」
マキが意味深に言う。
「えっ！　何か秘訣があるの？」
喰いついてきた。
「じゃあ明日みんなでやろうか？」
ヒナがいたずらっぽく笑う。
「そうしよ。今日は楽しもうよ」
私は明日を考えると笑えてきた。
次はタクシーに乗って渋谷@tomへ。
@tomに着くとユウジが待っていた。
「理央、待ってたよ〜」
少し酔ってるかな？
友達の前ではシャキッとしてもらわないと。
ユウジの服装は、付き合う前はBURBERRY。
最近はドルガバ。
メッシュを入れた無造作ヘア。チャラい奴。
「あれ？　新しい友達？」
トモ子を見てユウジが聞く。
「うん。トモ子！　いい子だよ！」
私はトモ子を彼氏に紹介する。
ユウジはけっこうイケメンで見栄えはいい。
「トモ子、こっちは私の彼氏！　ユウジっていうの」
「よろしくね！」
ユウジは笑顔をトモ子に向ける。

「よ、よろしくお願いします」
軽く緊張気味のトモ子。
「先輩、彼女ですか？」
ユウジの後輩が来た。
顔は割といいほうかな。
「ああ、俺の彼女。こっちは……えーと……」
おいおい、今紹介したばっかでしょう？
「トモ子！　可愛（かわい）いでしょう？」
改めてみんなに紹介してあげる。
私がメイクしてあげたんだから可愛いに決まってる。
「ト、トモ子です」
そんなにかしこまるなって。
「へー、可愛いね。高校生？」
ユウジの後輩の質問にトモ子はしどろもどろ。
「は、はい」
赤くなってる。
無理ないか……ついこの前まではオタクが相手だったんだから。
ユウジは私の隣へ。
続いて仲間がやってくる。
さっきの後輩はトモ子にべったり。
一緒に飲むだけだけどね。
ただ私たちといると出会ったことのない人と巡り合える。
間違っても今までの交友関係にはいないような人。

ユウジの後輩にトモ子は赤くなってる。
トモ子はもう私たちから離れられない。
彼女から見れば"非日常"を覚えてしまったから。
明日はもっといろいろ教えてあげよう。

散々遊んでからユウジたちと別れて私たちはマンションへ。
「そういえばユウジ久し振りだったね」
マキが私に言ってきた。
マキはユウジの友達と付き合っている。
たしか私が紹介してあげたんだっけ……
「別れたと思ってた？」
あー、枝毛がすごいなぁ。
「理央の話題に最近上がらないからさぁ」
「別にまだ別れる理由ないしね」
来週にでも美容院行こう。
「あれ、トモ子寝てる？」
ミホの横にいたトモ子はソファーで寝息をたてていた。
「あ〜明日買い物行きたいな〜。最近買ってないよ」
ヒナがタバコに火を点けてぼやいた。
「これ、VUITTONの春夏新作だって」
マンションに届いていた表参道店からの新作カタログをヒナに渡した。
「このポーチ超かわいくない？」
「私、このサングラス！」

３人はカタログを見て騒ぎ始めた。
「じゃあ今日あたり行こうか？」
　トモ子にも仕込もうと思ってたしちょうどいいかな。
「そうだね！　これ欲しいし」
「じゃっ解散して昼過ぎに集まろう！」
「どこにしようか？」
「ここに来なよ。一回帰ってさぁ」
　私も眠くなってきた。
　さっさと帰って欲しい。
「そうだね、じゃあ起きたら電話する」
　３人は制服を持って立ち上がった。
「それはいいけど、どうしよう、これ……」
　ミホが寝ているトモ子を指した。
　トモ子はスヤスヤ寝ている。
「いいよ。そのままで」
　私が言うと３人は玄関へ。
「じゃ、理央あとでね！」
「うん！　みんな気をつけてね！」
　タクシー代くらい大丈夫だろう。
　少しすれば電車もあるし。
　みんな出ていった部屋は静かで好き。
　あっ！　まだトモ子がいた。
　リビングのソファーで寝ているトモ子に毛布をかけてやる。
　電気を消して寝室へ入るとどっと疲れた。

毎日、家でもマンションでも寝室に入ると一気に疲れが出る。
服を脱いでベッドにもぐり込む。
そのまま落ちた。

起きると昼の12時。
とりあえずシャワーしなきゃ。
みんな３時過ぎくらいには集まってくる。
バスルームに行くからリビングのドアを開けると、トモ子がビックリして振り返った。ああ、そうだ寝てたんだ。
トモ子のことなんか忘れてた。
「あっ、ご、ごめんなさい！」
トモ子は慌てて顔を伏せた。シャワーに行くから私は裸だった。
「ごめんね、寝てると思って」
私は笑顔を作ってバスタオルを身体に巻いてバスルームに入った。
まだ頭がボーッとするなぁ。
熱いシャワーを浴びて眠気を覚ます。
細かい水滴が細胞を刺激する。
ボーッとしていた意識がはっきりしてくる。
この瞬間はいつも気持ちがいい。
シャワーを浴びるたびに生まれ変わる。
そんな気がした。

タオルを巻いてバスルームから出ると、トモ子が帰り仕度をしていた。
「あれ、どうしたの？」
「ごめんなさい、熟睡しちゃって……」
「もうじきみんな来るしシャワー浴びなよ」
「そんな、悪いよ！」
「友達同士じゃん。私たち」
タオルで髪をふきながら寝室のドレッサーに座ると、トモ子がついてきた。
「ありがとう」
「ああ、家が心配？　電話しなよ。私の家に泊まったって」
「でも、そうしたら理央ちゃんに迷惑かかるし」
「大丈夫だって、私は。なんなら代わってあげようか？」
「だ、大丈夫。自分でするから」
「ほら、トモ子にマンガのこと私が教えてもらってたって言えば」
「うん！　そうだね」
やっと笑った。手間がかかるなぁ…
タオルで髪を叩きながらベッドの下の引き出しからバスタオルを取りだしてトモ子に渡した。
「早くシャワー浴びてきなよ」
「うん！」
「今日はみんなでバイトしたあと買い物してお食事。ね！」
「バイト行くの？」

「昨日話したじゃん。稼げるバイト！　一緒にやろう！」
「うん！」
トモ子はバスルームに向かった。
さあ！　私も準備しなきゃ。
洋服を選んで下着をつけるとトモ子がバスルームから出てきた。
「こっちで髪乾かしなよ」
トモ子を寝室に呼んだ。
「お邪魔します」
今更お邪魔もないだろ。
「理央ちゃんってすごいキレイだよね」
「えっ？」
「さっきシャワー行くとき思ったの。スタイルいいしキレイだなぁって」
「そんなことないよ。トモ子だって可愛いよ！」
まあ、可愛い部類かな。ロリ入ってて。
「それにモデルしてて私とは別世界の人なのにこんなに仲良くしてくれて」
「いじめられてるトモ子見て思ったの」
「何を？」
「助けなきゃ、守ってあげなきゃって」
トモ子の手を握ってあげる。
「ありがとう」
涙ぐむトモ子。

「ほら、泣いちゃだめだよ。早くしな。メイクしてあげるからさ！」
トモ子を寝室に残して私はリビングのソファーに腰かけた。
さてとッ！
今日は何着ようかな…？

私の毎日ってこんなもん。
学校で愛想振りまいて。
放課後は遊んで。身体を売って。
このパターンの繰り返し。
空気みたいな日常。

第三話　友達だから

　３時を少しまわった頃にマキ、ヒナ、ミホがマンションに集まった。
　私がメイクしてあげたトモ子を見て３人は、
「可愛いじゃん！」
「へー、トモ子だよね？」
「いいんじゃない！　これ！」
　はにかんで笑うトモ子。
「理央ちゃん、バイトって何？」
　トモ子が聞いてきた。
「ん、援助交際」
　笑顔で言うとトモ子の顔がひきつった。
「えっ……!?」
「トモ子さー、ウリなんてみんなしてるって」
「そうそう、こんな割のいいバイト無いよ」
「だって寝てれば何万円ももらえるんだから」
　３人口々に勧める。
「え…で、でも……」
　トモ子は下を向いて無言になった。
「私たち友達じゃん。一緒にしようよ」
「いっぱい遊べるよ！」

「いつでも一緒にいられるしね！」
まだ無言のままだ。
「私たちと一緒にいたくない？　遊びたくないの？」
「そんなことないけど」
そこで私が口をはさむ。
「いいよ……みんな。トモ子は私たちとは違うんだから」
えっ！って感じでトモ子が私を見た。
「トモ子、軽蔑した？」
「そんなこと……」
「するよね……モデルとかいっても私生活がこれじゃ……」
何も言えないトモ子に更に言う。
「汚いでしょう。私たち……」
「そんなことないよ！」
「いいんだ、気遣ってくれなくても」
「トモ子、帰りな」
髪をかきあげてはなをすする。
「トモ子と仲良くできてよかったけど……ごめん」
「えっ！　でも普段遊んだりは私！」
「だってトモ子に汚いもの見るような目で見られてると思うと辛いし……」
私の目から涙が流れた。
「トモ子はキレイなままでいな。私たちはもう汚いけど……でもこれしか無いんだ……お互いを信用するには一緒にこうしないと」

更に続ける。
「ごめんね。こんな私はトモ子イヤだよね……でも私はトモ子と一緒にいたかったな……」
「理央ちゃん、私、一緒にするよ！　みんなと一緒に！」
意を決したようにトモ子が言った。
「ほんと？」
私は涙を拭いながら聞いた。
「だめだよ。無理しないほうがいいって」
ミホが言う。
「そうだよ。合う合わないってあるし」
ヒナもトモ子を気遣う。
「うん、そうだよ」
マキも頷く。3人ともいつの間にか目には涙。
「大丈夫！　私もみんなと一緒にいたいし。平気！」
「トモ子……！　ありがとう！」
私はトモ子に抱きついた。
「だってみんなといると楽しいし、それに私のこと助けてくれたし」
トモ子は堕ちた。
みんなでトモ子にコツをレクチャー。
軽く楽しそうに。
まるでゲームの説明みたいに。
トモ子の中にあるモラルを壊していく。
オヤジに金をもらって抱かれることに罪悪感を抱かないよ

うにするために。
「私たち、贅沢好きなの。我慢は嫌い」
「可愛い服着て、おいしいもの食べて、いろんなとこに遊びに行って」
「だって学校行って普通にバイトなんてしてたらなんにもできないよ」
「たまに服とか買ってもらえるし」
「トモ子、私たちと一緒にいろんなことして遊ぼう！」
「うん！　でも……私、初めてだから……」
「そうなの!?」
「いいじゃん。早く捨てちゃいなよ。処女なんて」
「そうそう！」
「あのね、トモ子、処女なんて邪魔なだけ。男はめんどくさがるよ。処女を喜ぶのはオヤジだけだよ」
「さっ！　出会い系で金持ってるやつ探そうか！」
相手は会社員が一番いい。
トモ子に教えてあげる。
伝言に条件を吹き込んで連絡待ち。
もちろん私たちも。
私たちはマンションから新宿に移動した。
「トモ子、あれじゃない？」
トモ子の待ち合わせ場所は新宿東口のブランドショップの前。
トモ子には絶対相手には電話番号を教えないように言って

ある。
店の横に20代の男がいる。社会人２、３年目っぽい感じ。
割と清潔感がある。
顔も悪くない。
こんなヤツでも女子高生を買う。
男の違いなんて着ている服だけ。
「みんなしてるんだけど、ホテルに入ったら男がシャワー浴びてるうちにホテルの名前をメールで私に送って。安心するから」
私が言うとトモ子は頷いた。
「でもいいなぁトモ子。割とイイ感じの相手で！」
私がうらやましがると、トモ子は緊張していた顔をゆるめて笑った。
横断歩道を渡っていくトモ子の背中を見てから、私たちはそれぞれの相手に電話。
私たちは相手と待ち合わせのとき手間を省くために番号を聞く。
相手に番号を教えるようにメッセージを入れてるから。
そこに最初は非通知で連絡する。
トモ子だけには番号交換はもちろん聞くこともダメだと教えた。
もちろん私たちがそういうメッセージを吹き込んでいることも知らない。
連絡が取れたミホ、ヒナ、マキはそれぞれ待ち合わせ場所

へ。
私はトモ子が無事に相手と立ち去るまで見ていることにした。
２人がこっちに歩いてくる。
少し不安そうなトモ子の目。
私は携帯でメールを打つふりをしながら、通り過ぎるトモ子をチラッと見た。
瞬間、目が合う。
目が合った私はオヤジに気がつかれないように軽く微笑んだ。
不安を押し込めるように唇をキュッと結ぶトモ子。
そして気丈にも笑顔を見せる。
これで大丈夫そうだね。
２人はそのまま歌舞伎町のほうへ歩いていった。
私はその後ろ姿を見てから自分の待ち合わせ場所へ。
相手が待っているのは旧コマ劇場の奥に入ったところにあるホテルの前。
建物が昼でもライトアップされてて綺麗でいいかな。
ホテルの前にいたのは40代くらいの小太りのオヤジ。
ジャケットに無理して合わせてるローライズが笑える。
声をかけて腕を組んでホテルへ。
男はこういうのに弱い。
ホテルに入ればもっと弱い。
部屋に入る前にトモ子からメールが来た。

私はそのメールをユウジに転送した。
シャワーを浴びて出てきた私の身体にオヤジは釘付けになった。
スラッと伸びた手脚、はりでた胸。
くびれたウエスト、透き通るような白い肌。
日本人離れしたスタイルはママに感謝しないと。
私が目を見つめながら抱きつくまでオヤジは動けない。
微笑むとキスをして、唇を離してまた微笑む。
興奮したオヤジは私を押し倒した。
おあずけをくった犬みたいに私の身体を貪るように愛撫してくる。
感じた私の声が余計にオヤジを興奮させた。
オヤジのはクスリでも飲んでるの？っていうくらい、年の割には超硬くなってた。
私の白い脚を開いて硬くなったものが入ってくる。
思わずのけぞると声が漏れた。
荒い息遣いと私の声、有線からのBGMが部屋に流れる中、オヤジは私の中で果てた。
もちろん避妊はしてる。
病気や妊娠なんて冗談じゃない。
２時間たつ前に、友達と約束があるって言って部屋を出た。
オヤジは15万払ってまた逢いたいと言った。
次は食事もしたいって。
なんかIT関係の社長とか言ってた。

まあ、羽振りはよさそうだし。
またマンション増えるかな……
アルタの横にある喫茶店でヒナたちと落ち合う。
「大丈夫かなぁ、トモ子のやつ」
ヒナはトモ子がきちんとできたかどうか不安らしい。
「そうだよね。初めてだからって土壇場でびびったりして……」
マキも不安そうだ。
「大丈夫だよ。あれだけ言ったんだからちゃんとやるって♪」
私はトモ子を信用している。
「トモ子のやつ、理央には従順だからね」
ミホがタバコを取りだしながら言った。
「私はね、見てるとわかるの。"バービーちゃん"の素質があるかどうかって」
私がアイスティーに入れたシロップとミルクをストローでかき混ぜながら言うと、3人は笑いだした。
「マジ!?」
「私たちは素質ないよね!?」
みんな口々に言う。
自分たちは安全なところにいたいからね。
それが人間ってもんだよ。
「でもちゃんと私たち仲良くしてあげるじゃん。トモ子と!」

私も笑った。
みんなで笑っていると、入口からトモ子が入ってくるのが見えた。
「トモ子こっち！」
ミホが手を振る。
トモ子は小走りにこちらに来た。
「トモ子、大丈夫だった？　捨てれた？」
私が聞くとトモ子は顔を赤くして頷いた。
「よかった！　ありがとう！　私たちに付き合ってくれて！」
私は笑顔でトモ子に席を勧める。
あとはみんなから質問攻め。
初体験の感想とか初めて見てどう思ったとか何したかとか……
トモ子は真っ赤になってうつむきながら答えてたけど、私たちの相手の話もすると笑いだした。
確認したら、連絡先は交換してない。
成功だ。あとはホテルに急行したユウジの仲間が相手を尾行して身元を突き止める。
後日ユウジたちが会社にでも行って、2人がホテルから出てくる写真を見せて慰謝料を請求する。
相手は払うしかない。
18歳未満とのセックスは罪になるから。
ユウジたちが回収したお金は私たちに入ってくる。

請求する金額は50万以内。
この額ならサラ金にでも行けばすぐに用意できるから。
100万とかだと逆ギレする奴とかいそうだし。
誰でも面倒なこと、嫌なことはさっさと終わらせて忘れたい。
だからこそ、その日に即金で用意可能な額がベスト！
お金はみんなで分けるけど、ユウジは私を抱くときにお金を払うから私の取り分が一番多くなる。
トモ子に相手と連絡先を交換させないのは私たちのやってることが相手からバレたり余計なトラブルを防止するため。
話しているトモ子の顔には援助交際をしたことに対する罪悪感は感じられない。
これで私たちと一緒と言えばゲーム感覚でやるだろう。
「さっ！　金を使いに行こう！」
私は時計を見てみんなを促した。
あまり喋ってるとゆっくり買い物ができない。

新宿からVUITTON表参道店へ。
ヒナ、マキ、ミホは１階の売り場でマンションで見た商品を探してる。
トモ子はこんな場所には来たことがないからキョロキョロしながら私のあとをついてくるだけ。
私は新作の水着を試着した。
「やっぱ理央ちゃんキレイだよ!!」

トモ子は憧れの眼差しで私を見つめた。
「似合うかな？」
「うん！　バッチリだよ!!」
「じゃこれにしよう！」
私が水着を買って下りると１階ではまだヒナたちが商品を選んでいた。
「理央、何買ったの？」
ミホが聞いてきた。
「ショーウインドウにあった水着！」
私が言うと３人は、
「あれいいよね！」
「絶対似合いそう!!」
「今度着てみせてよ！」
自分の買い物もそっちのけで騒ぎ始めた。
「ほら、時間無くなるよ」
私が言うと、みんな自分の狙ってたものを買い始めた。
「トモ子は買わないの？」
トモ子の処女の値段は５万円。
なんか買えるだろう。
「うん、私こういう高いお店初めてだから…何買っていいか……」
「これなんかどう？」
私はショーケースの中にあるチャームが付いたキーホルダーを指した。

ブランドロゴとモノグラムのお花モチーフがカラフルなチャームになっている。
「可愛い！　これ！」
トモ子は感激して店員に声をかけた。
「これください！」
「あっ、待って」
私は財布からお金を出すと店員に渡した。
「えっ！　そんな、悪いよ。自分で買えるから……」
そう言うトモ子を制して、
「プレゼント。友情の記念に！」
私が言うとトモ子は涙ぐんだ。
「その代わり、晩ご飯はトモ子がご馳走してね」
「うん！」
トモ子の笑顔を見て私は思った。
この子は男と金で寝てもらったお金を使って遊ぶ楽しさを覚えた。
人は一度でも悪事が成功すると罪悪感がマヒしてしまう。
自覚はあってもどこか他人事のように薄まってしまう罪の意識。
もうトモ子は汚れることにも罪を犯すことにも抵抗は無いだろう。
次はナオコにメールしなくちゃ。
今回のご褒美を与えないとね。

みんなで食事をしたあと、私は家に帰った。
マンションで制服に着替えてタクシーで家へ。
家に着くとインターホンの下にあるパネルにタッチキーをかざす。
門が開いて玄関まで歩きながら２階を見上げると、部屋の明かりは全て消えている。
夜の11時にこの状態ということはパパは寝ているか帰っていないかどちらか。
家にいるときは10時には寝てしまう。
１階は玄関から明かりが見える。
ママが私の帰りを待っているから。
ドアを開けると奥のリビングからママが迎えに来た。
「理央、遅かったじゃない」
「ごめん、ヒナたちとご飯食べてきたから」
「お宅でご馳走になったの？」
「まさか。昨日泊まって今日また晩ご飯なんていただけないよ」
「そうよね」
「パパは？」
「明日は取引先の方たちと約束があるからお休みになったわ」
「そう……」
私はリビングに入るとソファーに沈むように座った。
ママは46歳。でも30代でも充分通用する。

フランス人で、22年前に仕事の取引で知り合ったパパと結婚した。
ママの家族からの援助もあり、パパの商社は大きくなった。
私はなんの不自由も無く生活できる。
でも幸せだったのは私が14歳の頃までだった。
家の中は変わってしまった。
私は全てに絶望した。
パパもママも普通に見えるけど私にはわかる。
２人は私に絶望して軽蔑している。
心の奥底に鍵をかけて出さないだけでたしかに存在する……絶望と軽蔑。
「ママ、私着替えて寝るから」
「そう、お休みなさい」
「お休みなさい……」
私は自分の部屋に行くと制服を脱いで鏡を見た。
14歳の頃から私は同じ夢を見るようになった。
何度も。
その夢を見ないようになったのは今の日常になってからだ。
今の日常のおかげで私は私でいられる。

第四話　出逢い

運命の電話　理央side

日曜日。
昨日、ナオコと約束したから私はマンションに向かう。
今日のマンションにはヒナたちは来たことがない。
別の"パパ"に用意してもらった部屋。
マンションに着いてくつろいでいるとインターホンが鳴る。
モニターを見るとナオコが映った。
「私！」
「どうぞ」
自動ドアを開けてやる。
部屋に着いたナオコは走ってきたのか息を切らしていた。
「ナオコおはよう！　て、もう昼だね」
私が笑うとナオコも笑った。
「座ってなよ。今お茶でも出すね」
２人でウーロン茶を飲みながらテレビを見てくつろぐ。
「ねえ、お金貯まってる？」
私が聞くと、ナオコはテレビから視線を落として黙って頷いた。
ナオコは家を出て１人暮らしをしたがっている。

その資金集めのために援助交際をしている。
ただナオコには方法を教えただけでトモ子のように一緒につるんでやる訳じゃない。
「昨日の昼にまたやったよ」
ナオコは下を向いたまま。
「そっか……ナオコ、ホントはそういうの好きじゃないのにね」
「いいの。早くあの家出たいからさ」
ナオコは私を見つめるとバッグからお金を出した。
「今日はあるよ！」
「ダメだよ！　貯めてんでしょ」
私が注意するとナオコは首を振る。
「大丈夫！　ちゃんと別に貯めてるからさ」
じゃ遠慮なく。ていうか予想してたけど。
「じゃあシャワー浴びてきな。私は寝室で待ってるから」
私が言うとナオコは笑顔でバスルームに入った。
私は服を脱いでベッドに座る。
ナオコは母親が家に男を連れ込んでいることから男を嫌悪していた。
だから援交で男に抱かれるのは苦痛だ。
そのケアを私がしてあげる。

ナオコは高１のときに作った"バービーちゃん"。
クラスで財布とか盗まれて、それがナオコのカバンから出

てきた。
ナオコも今よりはおとなしかったから、みんなに泥棒扱いされた。
それを私が助けてあげた。
財布が無くなった時間にナオコと一緒にいたと嘘をついて。
もっとも財布はクラスが体育のときにヒナたちが教室に忍び込んでカバンに入れたんだけどね。
それから勉強教えてやったり悩みを聞いてやったら盲目的に私に従うようになった。
そして、ナオコが私に友達以上の感情を持っていることを知った。
ナオコは私から離れられなくなった。
私の言葉がナオコの中ではモラルになった。

ナオコがバスタオルを巻いて寝室に来た。
「ナオコありがとう。トモ子は上手く仕込めたよ。みんなナオコのおかげ」
私が言うとナオコは抱きついてきた。
「よかった！ 理央に喜んでもらえて」
普段のナオコからは想像できないほどしおらしい。
「私、ホントはあの３人もムカつくの……いつも理央といるから」
「大丈夫。あの子たちは役に立つからいるだけ。ホントの親友はナオコだけだから……２人だけの秘密だよ」

「うん」
「ねえ、私たちは親友だよね」
私がナオコを見つめて言う。
「うん」
「ナオコは言ってくれないの？」
私はナオコを睨(にら)んだ。
ナオコは慌てて、
「親友だよ！　私たち」
でも許さない。
「えっ？　聞こえないよ」
「理央ごめんなさい！　私たちは親友」
「もう一回言って」
「私たちは親友」
「もっと」
「私たちは親友、私たちは……」
ナオコが言い終わる前に私は押し倒した。
ナオコの白い肌に口を付けて、指で敏感なところを刺激する。
「ああッ…理央…」
「ちゃんと言って」
「ハアッ…わ、私と理央は…あっ！　し、親友──！！」
ナオコが感じてきて喘(あえ)いでも私はずっとナオコに同じ言葉を言わせ続けた。
そして唇を重ねる。

感じすぎてしがみつくナオコの手に力が入る。
いつもこうやってケアしてる。
ナオコはこのケアのおかげで完全にイカレてる。
もう私の言うことが全てになってる。
「理央、好き…私、理央が好き」
「私もだよ。ナオコ」
偽りの言葉がナオコの感情を刺激する。泣きそうな声を出してナオコは何度も快感に身体を震わせた。

ナオコと一緒にマンションを出て私は家に帰った。
今日はパパとママと３人で食事する。
家に帰るとリビングからママが出てきた。
「パパが待ってるから早く来なさい」
「うん」
テーブルに着くとパパがいた。
１週間ぶりに見る。
「友達と遊んでたのか？」
「うん」
「この前家に遊びに来た子たちかな？　えーと……なんと言ったっけ？」
パパは笑顔だ。
「この前って３ヶ月くらい前じゃない？　あなた」
ママの言うとおりヒナたちが遊びに来たのは３ヶ月前だ。
「ああ、そうだった。ごめん理央。ついつい忙しくてね」

「うん。わかってるよ」
「じゃ、理央も来たし夕食にしましょう」
ママが言うとパパも私も頷いて、ナイフとフォークを取って食事を始めた。
食事の間、パパは主に私の進学について話した。
私はまだ進学なんて具体的なことは考えていない。
ただ漠然と大学には行きたいくらいに思ってる。
まして将来のことなんて想像もできない。
まあ、このまま別の"パパ"たちの中から一番見込みのあるのを選んで愛人かな……
私はベッドに入る前に、今までの"パパ"たちで誰がいいか考えてみた。
そういえば最近つかまらない外食産業の社長がいたっけ。
店のオーナーもいいかなぁ。
そう思うと私は電話してみた。
呼び出し音が鳴る。
『はい』
久しぶりに電話に出た。
この前まではいくら電話しても留守電だったのに。
「私。やっと出たね」
『えっ?』
間違えた?
でも番号は合ってる。
「あのぉ…千葉さんの携帯ですよね?」

『失礼ですが、どちらにおかけですか？』
電話の男の声は千葉とは違う。
でも落ち着いていて気持ちがいい。
「すみません。この番号、千葉って人の番号だったから」
『そうですか。最近新しくしたからでしょう』
「そうなんですか。ごめんなさい。ほんとすみませんでした」
『いえ、失礼します』
電話は切れた。
私は携帯をしばらく見つめていた。
千葉は携帯を替えたんだろう。
そんなことは私の中では、もうどうでもいいことだった。
何人かいる"パパ"が１人減っただけ。
それよりあの声……
なんだか優しくて温かった。
どうして気になるんだろう？
自分でも不思議……

死の宣告　　光輝side

いくつものスキャンされた頭部画像が貼りだされている。
これは僕の頭の画像だ。
「一条(いちじょう)さん……あなたの脳の腫瘍(しゅよう)はかなりの悪性で、手術

で取り去ることは不可能です」
白い影の部分を指して医者が言う。
「あとどのくらいでしょうか？」
「はっきりとは断言できませんが、約6ヶ月かと……」
僕はこの日、死の宣告を受けた。
病名は脳腫瘍だ。
それも最悪性型の膠芽腫(グリオブラストーマ)という。
10万人あたり3人程度に発生する。
手術による完全な切除は不可能で、重大な後遺症も発症する…失明、精神疾患、言語中枢の破壊etc.…
しかもいかに治療しても2年生存率は30%以下…

だが宣告を受けた僕は平静だった。
死に対する不安も悲しみも湧いてはこなかった。
僕の人生にはやり残したことも無ければ、死別したくない家族もいなかった。
両親はいない。
正確に言うと母は僕が14歳のときに死んだ。
父は僕が10歳のときに僕と母を捨てて別の女性との生活を選んだ。
僕たちは母方の実家で暮らすことになった。
母が死ぬ少し前から僕は感情というものを忘れてしまった。
いや、壁に塗り込めていった。
年月がたち、僕は感情を自然と抱かなくなった。

面倒を見てくれる祖父母のためにも僕は勉強に励んだ。
僕が大学を卒業すると祖父母は相次いでこの世を去った。
涙は出なかった。
悲しみも感じなかったことが申し訳ないと思った。
財産を処分して独りの生活が始まった。
そして僕は現在、私立大学の講師をしている。
日本史学と心理学をかけ持ちで担当している。
心理学的アプローチで時代時代の人間の心理を探る。
唯一の生き甲斐だ。
研究が行えなくなることが悔いと言えばそうかもしれない。

僕は家に帰ると部屋に明かりをつけずじっとしていた。
死の宣告を受けても失われた感情は現れない。
ひょっとすれば止め処も無い恐怖と悲しみに襲われると思っていた。
期待もあった。
だが実際は淡々と現実を受け止めたにすぎなかった。
僕の内面はなんの変化も無く翌日を迎え、1日を過ごした。
"光輝"
光り輝く人生を送るように父と母が付けた名前だった。
だがあまりにかけ離れた人生だった。
もう休もうかと思ったときに携帯が鳴った。
女性からだったが間違い電話だった。
間違いであることがわかると電話を切った。

僕が宣告を受けてから初めて会話した相手は、間違い電話をかけてきた女性だった。

月曜日。
僕は今度出版される自分の本のことで編集者と打ち合わせがあるため大学を５時過ぎに出た。
夕方のラッシュ手前の時間のせいか電車は混み始めていた。
窓から西日が射し込む。
今日という１日が終わり明日を迎える。
僕はまた１日、死に近付いた訳だ。
死を実感して生きる毎日…
渋谷に着くと電車のドアが開いたとたんに、前にいた女性が僕の手をつかんで叫んだ。
「やめてください!!」
はっ？
僕は一瞬思考が停止した。
女性は更にヒステリックに叫ぶと、僕を駅のホームにひっ張りだした。
「この人痴漢です！」
僕は辟易(へきえき)した。
なんて１日だ…

優しい声の人　理央side

今日はユウジと逢う約束をしてる。
私は家に帰って着替えてから、待ち合わせの渋谷に向かった。
山手線(やまのてせん)に乗るともう混んでいる。
超ウザイ。
渋谷に着くと女のかなきり声が聞こえた。
痴漢みたいだ。
いるんだよね。たまに出くわすけど。
ホームに降りると30代くらいの女とやっぱり同じくらいの歳(とし)の男がもめていた。
男は黒いスーツに黒いシャツ。
第一ボタンを開けているけど水風に見えないのは黒髪と眼鏡(め)のおかげ。
なんとか誤解を解こうとしている風だ。
ん？　聞き覚えがある声…
駅員が来て間に入り男に同行を求めている。
それを見て私も間に入った。
「その人やってませんよ。私見てましたから」
「何言ってるの！」
女が怒鳴る。
「その人の後ろにいた若くて髭(ひげ)に眼鏡の男です！　間違いありません！」

私も柄にもなくムキになって言った。
「とにかくこの人ではないんですね？」
駅員に聞かれると私は頷いて男の手を取った。
面倒はたくさんという表情の駅員に、女は納得のいかない顔を向けた。
「誤解が解けたんだから早く行きましょう」
私は駅員と女を残して男と立ち去った。
改札を出ると男がやっと口を開いた。
「ありがとうございます。助かりました」
「ウソ。私見てないよ」
「えっ？　じゃあ髭に眼鏡は？」
「あなたはしてないと思ったから。私」
男はしばらくキョトンとしていたが、長めの髪をかきあげると一息ついて言った。
「とにかく、後日お礼をさせてください。差し支えなければ連絡先とお名前を教えて欲しいのですが……」
「あっ、ちょっと待って」
私はバッグから携帯を取りだして電話した。
「あっ、失礼」
男は胸ポケットから着信中の携帯を取りだして電話に出る。
『はい。一条です』
「もしもし、私。千葉さんの携帯ですか？」
『えっ？』
男は驚いて私を見た。

「連絡先わかったでしょ？」
「すごいな……こんな偶然」
「私、今日は用事があるから。お礼の件は電話します！」
「あ、はい。そうだ、名前を……」
「理央。小澤理央！」
私は自然と笑顔になった。
なんだか嬉しいのが込み上げてきた。
心臓がトクン…トクン…と高鳴る。
自分でも不思議な……
初めて味わう感情だった。

第五話　温かい時間

　あの人は…　理央side

ユウジと逢って食事もそこそこにホテルに行った。
ユウジは二回も求めてきた。
「なあ、理央、もう一回しようぜ。タフだろ？　俺って」
あんたよりオヤジのほうが上手いって。
スポーツじゃないんだから腰振ってりゃいいってもんじゃないよ。
「あー、無理。帰ってレポートしないと」
「わかったよ。これ今回の分な」
「ありがとう。今日ヤリたかった分は今度サービスするから」
私はユウジから10万円を受け取る。
「あ、それとこの前の援交の取り分」
ユウジはトモ子の相手から慰謝料として巻き上げたお金を渡した。
「あいつ全部で50万出したよ。理央たちは30万だよな？」
封筒に入った現金を確認する。
シャワーを浴びてホテルを出た。
「送ってくよ」

「うん、じゃあ地元の駅までお願い！」
私はユウジの車で地元の駅まで送ってもらった。
さすがにこんなに現金を持っているから電車は避けたい。
「今度サークルのイベントあるから遊びに来いよ。友達も呼んでさ」
「どこでやるの？」
「また六本木かな」
「連絡してよ」
駅に着いた。私は車を降りる前にユウジにキスした。
「今日はありがと」

ユウジを見送ると私は駅前の本屋に入った。
レポート用の資料になる本がないかと思って。
教科は日本史だから少し憂鬱だ。
店頭のコーナーに置いてある本に目が留まった。
『日本史上の判断を分析する』というタイトルの本。
著者は一条光輝。写真に写っていたのは今日会った男だった。
私はレジにこの本を持っていって店員に聞いた。
「この人の本、あと何が置いてありますか？」
一条光輝の本はとりあえず３冊あった。
３冊全部を買った。
私はとにかく本を読みたくて急いで家に帰った。
パパとママに声をかけて自分の部屋に駆け上がり、ベッド

に寝転んで本を開いた。
著者のプロフィールを見る。

一条光輝
私立R大学の講師。日本史学と心理学を専攻。
日本史上において、各時代の歴史上重大な事象に関わった人物の行動を心理学的アプローチで分析する斬新な…

私はプロフィールを読むと声に出して名前を読んだ。
「一条光輝か…」

理央からの電話　　光輝side

僕は編集者との打ち合わせを終えると帰宅して電話をかけた。いとこのカオリに検査の結果を教えてやらなくては。
カオリは僕とは10歳違いで会社勤めをしている。
子供の頃から面倒を見てやったりしていたから僕を実の兄のようにしたってくれていた。
検査の結果を告げるとカオリは電話口で泣きだした。
おじさんに代わってもらい、今後のことを話すために後日会う約束をした。
30分近く話して電話を切った。
そういえばおじ夫婦には祖父母が亡くなったときに葬儀の

手配やら世話になった。
その後も何かにつけて相談したりしていた。

あの人たちに結局なんの恩返しもできないままになった。

人は意味も無く生まれてきて無意味に死ぬ。
自分の生の意味を人生に見出すなどおろかなことなのだろうか？

原稿の執筆に取りかかろうとしたとき、夕方出会った女性を思い出した。
なぜ助けてくれたのだろう？
携帯が鳴った。着信は彼女だった。
「はい。一条です」
『私。理央です』
「ああ、先ほどはどうも」
『光輝さんって大学の講師なんだね』
「えっ、どうしてそれを？」
『本屋でね、あなたの本を見たの』
「ああ、そうだったんですか」
『ほんとはレポートの参考になる本を買う予定だったんだけどあなたの本３冊買っちゃった』
彼女はクスクス笑いながら言った。
「ああ、それはどうも…ありがとう」

自分でもなんか間抜けな返事をしてしまった。
「レポートというと君は、理央さんは大学生ですか？」
『ううん、高校生。17歳』
「あ、失礼。その、年齢より大人っぽく見えたもので」
『えっ、老けて見えた？』
「いや、そういう意味じゃなくて。その…綺麗だったから」
『そんな、そんなことないよ』
電話越しに照れ笑いしている彼女を感じた。
『それでね、お礼なんだけど……』
「はい」
『勉強教えて欲しい。日本史と心理学！』
「え？」
『だから、私に日本史と心理学を教えて』
予想外の申し出だった。
僕が返答に困っていると、
『あのとき私がいなかったら〜っても面倒なことになってたよ』
「ああ、それは大変感謝してるが……」
『ダメ……ですか？』
急に彼女のトーンが沈んだ。
「いや、わかった。そんなことでよければ」
口調にこそ現さなかったが僕は内心慌てた。
『ほんと!?』
彼女の口調が今までの明るさを取り戻したことにホッとし

た。
『じゃあ、私の先生だね』
「ああ」
『ねえ先生。私どうすればいい？　大学に行けばいいの？』
学生たちと彼女とではレベルが違う。
僕は講義のあとに大学の僕の部屋に来るように言った。
『いつが大丈夫なの？』
「そうだなぁ…事前に連絡をくれれば都合をつけるよ」
『わかった！　電話する！　先生、お休みなさい』
「ああ、お休みなさい」
そう言ってお互いに挨拶をして電話を切った。

彼女の名前はたしか、小澤理央といった。
僕は理央との会話の中で自分の心の動きを感じた。
彼女の明るさに触発されたかのように。
あの一本の電話から、徐々にだが理央は僕の忘れていた感情を目覚めさせる。
それはとても緩やかで…
とても静かな変化だった。

わかり合いたい…　理央side

先生との電話を切ったあと、私は自分の感情が不思議だった。
電話しているときも切ったあとも先生のことを考えると自分の心が喜んでいるのを実感できる。
駅で逢ったあとに感じた鼓動の高鳴り。
こんなことは今まで無かった。

――自分は今、呼吸している――

援助交際の"パパ"、援助交際の延長でしかないユウジ。
私の男性関係は相手の人間性を介入させない。
お金を間にはさむことによってしか成立しなかった。
それは友人関係も同じ。
役に立つかどうか。
でも今回は違うみたい…勉強教われば確かに役に立つ。
でもそれは私が考えだした先生に逢うための理由だった。
今まで誰と会話しようとも"嬉しさ"が込み上げてきたことは無い。
私はあの人と…先生と触れ合いたいと思った。
そして、
――わかり合いたい――
と…

次の日学校に行くとトモ子が後ろから駆けよってきた。
「理央ちゃん！」
「おはよう。トモ子」
トモ子は息を切らしながらカバンからＡ４の封筒を取りだした。
「これ、あとで見てみて」
「うん。何これ？」
「秘密！」
クスッと笑うとトモ子は走りだしていった。
トモ子にもらった封筒をカバンにしまうと校門をくぐった。
教室に入るとヒナたちがよってきた。
「理央、今週またトモ子呼んでさ、やらない？」
「あー、今週は"パパ"たちと詰まってるの」
「そっかぁ……」
「みんなで行ってきなよ」
「でも理央いないとしまらないし」
「ごめんね」
今週は"パパ"たちと会わないと。
この人たちは将来的には役に立つ。
大事につなぎとめておかないと。
じゃあ先生は？
また思い出しちゃった……
そうだ！　今週は空いている日が２日ある。

どうかこの日どっちかが先生の都合に合いますように！
祈るような自分の気持ちに気がついておかしくなった。
「そうだマキ――」
マキはユウジの友達タカシと付き合ってる。
「タカシとはどう？　遊んでる？」
「うん。今度映画に行くよ。なんで？」
「やっぱりマキの中では援交の相手と彼氏は違うの？」
「そりゃあね。やっぱ違うよ」
「どう？　私はユウジと"パパ"の違いは無いけど……」
「どうって……うーん、オヤジにはお金だけだけどタカシは愛があるから」
「それってどんな感じ？　ドキドキしたり嬉しくなったり？」
「からかわないでよ！　たしかに最初はそうだったけど今はね～なんか倦怠期っていうか」
「なんかおばさんぽいよ、マキ。今のセリフ」
「うるさいな！　最初からからかうつもりで聞いたでしょう？」
「ごめん。どうかなって思ってね」
私は笑ってごまかした。

昼休みになると私は１人になりたくて屋上に出た。
昼食はだいたいパンとお茶で済ませる。
一応モデルだから他の子みたいにバクバク食べる訳にはい

かない。
さっ！　先生に電話してみよう！

『はい』
「理央！」
『うん。どうしたの？』
「勉強の予定だよ。明後日(あさって)とかはどうかなぁ…と思って」
『ああ、そうだったね。明後日は…大丈夫だ。講義も３時には終わってる』
「じゃあ明後日で決まりでいい!?」
『ああ』
「じゃあ学校終わったら電話する！　あと私のアドレス教えるからメールして！　先生の登録したいから」
『わかった』
アドレスを教えて電話を切った。
やった!!
ヤバイ！　はしゃぎたい──!!
上機嫌でいるとメールが来た。
知らないアドレス。開くと件名に『一条』とだけあった。
先生からのメール。
素(そ)っ気(け)ない。
もっとなんか無いかなぁ……
でもいっか！
私はアドレスを登録した。

ヤバイこれ…スゴイ嬉しいんだけど!?
胸の奥からどんどん込み上げてくる。
空を見上げると青い空が広がっていた。
季節が変わっていくように空も変わっていく。
私も同じように……
先生と出逢ったことで何かが変わるのかな？
暖かい陽射しを浴びながらそう思った。
いい気分で教室に戻ると、ヒナたちがトモ子と一緒に学食から戻ってきたところだった。

「理央どこ行ってたの？」
「屋上」
「声かけてよ。来るかと思って待っちゃったよ」
「ごめん。いろいろ電話しないといけなかったからさ」
「"パパ"に？」
「そうそう」
なんか先生のことはまだ言いたくないな。
昼休み終わりのチャイムが鳴った。
私は席に着くとトモ子のくれた封筒を思い出した。
中を見てみると私の絵が入っていた。
なかなか上手いじゃん！
少し見惚(みと)れた。
モデルだから写真撮られたりは慣れてるけど絵を描いてもらったことは無い。ちょっとグッときた。

私は後ろに座ってるトモ子を呼んだ。
「トモ子‼」
顔を上げたトモ子に絵を自分の顔の横に持ってきて手を振った。
「ありがと！」
そう言うとトモ子は照れたように笑った。

学校が終わるとトモ子が駆けよってきた。
「理央ちゃん、どうだった？」
「すごいイイよ。キレイ！　私じゃないみたい！」
初めてだった。他人の厚意に心が動いたのは。
「ホント⁉　でも絵よりは本人のほうが全然キレイだよ！」
「そんなことないよ！　私好き！　この絵」
本心だった。
「ありがと……ほら前に理央ちゃん私の絵を見たいって言ってたから」
「うん。部屋に飾っておく」
トモ子と別れて私は家に帰った。

部屋に入るとさっそくトモ子の絵を飾った。絵を眺めて思った。
こんな気分で1日を過ごしたのなんていつ以来だろう？
とっくに忘れてた感覚。温かい時間……
同時に明日、"パパ"のマンションに行くと思うと憂鬱に

なった。
こんなことは初めてだった。
お金をはさんだ関係に好きとか嫌いとかは無い。

翌日は学校が終わるとマンションへ向かった。
宅配のイタリアンを時間指定して注文しておく。
さっさと済ませて帰ろう。
"パパ"が来るまでの間、私は明日の先生と過ごす時間を考えていた。

第六話　触れ合い

授業　理央side

今日はやっと先生に逢う日。
学校が終わると私は制服のまま先生の大学に向かった。
なんだか子供が遊園地に行くような感覚…ドキドキして…
これから起こることが楽しみでしかたがないみたいな？

地下鉄を降りてバスに乗る。
バス停から大学までの途中のコンビニで飲み物とチーズバーを二つずつ買った。
先生のいる大学は割と有名な大学だった。
門をくぐってキャンパスを歩く。
やっぱり制服は目立つ。
すれ違う大学生はみんな私を興味ありげに見ていた。
受付で先生の部屋の場所を聞いたけど、中は広くてなかなかわからない。
やっと先生の部屋に着いた。
胸が高鳴る。
ノックすると返事が聞こえた。
「どうぞ」

「失礼します」
私が部屋に入ると先生は少し私を見て言った。
「本当に高校生だったんだね」
「よく言われる」
部屋は10畳くらいでホワイトボードがすみにあり、一番奥に先生の机。
部屋の真ん中に5、6人は座れる長机とパイプ椅子がある。
パーテーションで仕切った向こうにはソファーと洗面台、トイレが見えた。
本棚は難しそうな本でいっぱい。
「さぁ、じゃあ座って」
先生は長机のパイプ椅子を勧める。
私は机をはさんで先生の正面に座った。
この前逢ったときと同じ黒いスーツに黒いシャツ。
髪は切らずにそのまんま伸びたみたいな感じ。
「まずは試験近いから日本史からお願い！」
「範囲は？」
「ていうか、効果的な覚え方はない？　歴史って暗記あるのみ！って感じだから」
「そうだな…教科書にある年表と範囲のページを丸暗記すれば試験は問題無いだろう」
「そんなの無理！　先生はそうやって勉強したの？」
「いや。そもそも歴史を学ぶということと学校の試験勉強をするのでは全く違うよ」

「私は歴史を学んで試験にも活かしたいの」
「では範囲内をおおまかにストーリーにして覚えるようにしてみな」
「そうすると何が違うの？」
「歴史というのは全てが連なっている。だからバラバラに年号と事象を覚えるより遥かに理解できるんだ」
「そうなんだ」
「例えば……戦国時代から江戸時代初期。このあたりは一緒の時代という認識のほうが細かいことも覚えられるし見方も変わるよ」
「教科書や授業では区切ってるよ」
「ポイントは信長、秀吉、家康。この３人は同時代を生きている。まず信長がいてあとに続く秀吉、家康」
「うん」
「最終的には家康が幕府を開き、大坂夏の陣で戦国時代は終焉を迎えた。区切って覚えるよりも一つの時代の中での移り変わりと考えていたほうがいいかもね」
「そっか！」
先生の話はとてもわかり易かった。
２時間くらい授業をすると、
「今日はこのくらいにしておこうか」
そう言って先生は本棚から２冊取りだすと私の前に置いた。
「試験の参考になると思うよ」
「ありがとう！　試験が終わったら返せばいい？」

「あげるよ」
「えっ? いいの?」
「もう必要無いから」
「そう。あっ、先生のど渇かない?」
「ああ、そうだな。何かあったかな……」
「先生、あるよ! ほら!」
私は席を立とうとした先生を制して、カバンからコンビニで買った飲み物とチーズバーを出した。
ちゃんと2人分ある。先生にはブラックコーヒー。
「ありがとう。悪いね、いくらだった?」
お金を払おうとする先生に、
「いいよ! プレゼント!」
「いや、そういう訳には」
「じゃあ代わりに今度何かご馳走して」
「なんだか高くついたな」
冷えてた飲み物もすっかり温(ぬる)くなっていた。
ちょっと失敗したなぁ……まあしょうがない。
缶のプルタブを開けて口を付けると先生に質問した。
「先生は奥さんとか彼女はいないの?」
「いないね」
いないんだ。
「知的だしモテそうなのにね」
「興味無いんだよ。面倒だし」
「男が好きとか?」

「違うよ」
口調は怒ってないが顔は笑ってない。
「冗談だって。怒らないでよ」
「怒ってないさ。ただ苦手なんだ。感情表現がね」
「そうなの？　じゃあ人付き合い大変だね」
「そうだね。昔から苦手だったかもね」
「でも先生はカッコイイから大丈夫だよ。すぐに相手は見つかるって」
「別に今更。それに時間もあまり無いしね」
「忙しいんだ？　私に勉強教えてて大丈夫？」
「ああ、君は心配しなくていいよ」
先生はブラックコーヒーを飲み干した。
「ねぇ、次はいつが空いてるの？　私合わせるよ！」
「次？」
「そうだよ。これくらいじゃ学んだことにならないって。日本史も心理学も」
「わかった。連絡するよ」
なかば呆(あき)れたように先生は言った。
「ねぇ、このあと何か予定ある？」
「ああ」
あるんだ…
軽く落ち込んだときにドアをノックする音がした。
振り返るとドアが開き、OL風の女が立っていた。
「お客さん？」

74　　第六話　触れ合い

女が口をきいた。
「ああ、知り合いだよ」
どこかのファッション雑誌のモデルみたいな髪形をしたスタイルよさげな女。
何？　用事があるって女と逢うこと⁉
別に先生は私の男じゃないけどムカついてきた。
「私、帰るね！」
言うと同時にドアへ向かって歩いた。
「あっ、君…！」
先生が追いかけてきた。
「彼女は――」
「彼女⁉　関係無いし‼」
私は先生にそう言うと振り返らずに歩いた。
どうせならもっと話したかった。
ご飯でも食べながら、先生がどんな人で何が好きで嫌いなのかとか……

電話の向こうで　　光輝side

理央と話しているとなんの抵抗も無く自分のことを話していた。
だが、おじ夫婦との待ち合わせに迎えに来たカオリを見ると理央は不機嫌になり帰ってしまった。

僕とは違い感情をストレートに出せる普通の人間。
しかし僕の周りにいる人には無い何かを感じた。
「高校生？　どんな知り合いなの？」
カオリにたずねられても僕は細かく説明する気にはならなかった。
「ちょっとしたきっかけがあってね。勉強を教えることになったんだ」
「そう。てっきり恋人かと思っちゃった」
「未成年だよ」
「関係無いでしょう。好きになったら。っていうか彼女は気があるみたい」
「まさか」
「私が来たら機嫌が悪くなったじゃない」
「違うだろう。そんなことよりおじさんたち、待ち合わせの時間は変わらず？」
「ああ…そう、変わらずよ……私まだ……光輝が……」
カオリは涙ぐんだ。
「泣かないでくれ。僕の問題だ。おじさんたちには面倒をかけるけど」
「僕の問題だって……私にも……」
カオリは涙を拭いながら喋るがあとが続かない。
「準備するから外で待っててくれ」
カオリを部屋の外に出すと僕は資料を片付けて上着を着た。

おじ夫婦とカオリと4人で食事をした。
気を遣ってもらうのが申し訳なかった。
話題がそっちに及ぶとどうしても沈黙が長くなる。
時間はかかったが、なんとか今日の課題は片付けられた。
僕の死後の細かいこともお願いできた。
カオリたちと別れると僕はいつの間にか理央のことを思い出していた。
彼女とのやりとりを。
カオリは理央が僕に気があると言った。
理解できなかった。
理央は機嫌を悪くして出ていった。
しかし何かフォローの連絡を入れようとは思わなかった。
この世から消えてしまう人間が今更対人関係を気にしてもしょうがない。
ましてや知り合ったばかりの相手に。
そんなことを考えながら家に帰った。

携帯が鳴った。
『理央…です』
少し声の調子が低い。
「どうしたの？」
『ああ、その、さっきは感じ悪かったかなって…』
「そうだね。あんまりよくなかった」
『ごめんなさい……』

「いいよ。気にしてない」
『やっぱり…あの人、彼女？』
ほんとに気にしていたのか。
「残念だけどいとこだよ。君が考えているような関係じゃないよ」
『ホント？』
「ああ」
『なんだ、ほんとにごめんなさい。さっきは』
どうやら調子が戻ったようだ。
理央の声が明るくなった。
『今度はいつが空いてるの？』
「そうだなぁ…来週の月曜日は時間があるよ」
『じゃあ行く！　また大学でいいのかな？』
「ああ、いいよ。それまでに時間があったら試験の範囲を自分でまとめておきなよ」
『そうだ先生、今日聞きたいことあったの……いい？』
「聞きたいこと？」
『うん。なんで先生は歴史を好きになったのかな？って』
「そうだなぁ……」
『理由によっては私も好きになるかもしれないし』
「ドラマに興味があったからかな」
『ドラマ？　時代劇？』
「いや、歴史のドラマだよ」
『どういうこと？』

「例えば教科書にはたった数行の記述で鎌倉幕府設立とあるよね？」
『うん』
「でも新しく鎌倉幕府という政治権力が時代に登場するにはドラマがあるはずなんだよ。その時代の人たちが置かれていた状況や希望が。そんなことを考えだしてからかな……興味を持ちだしたのは」
『教科書に書いていないことを想像してたんだ？』
「そうだね」
『じゃあ、心理学に興味を持ったのは？』
「歴史を自分なりに理解するためかな……歴史は人間の決断の積み重ねだから。どういう心理状態で決断したのか？その人はどういう人間だったのかを追究してみたくてね」
理央と他愛も無い会話を続けた。
楽しそうな理央の声は聞いていて心地よかった。
電話を切ると、理央の機嫌が直ったことに安心している自分に驚いた。
確実に自分の中で何かが変わってきていた。
思えば僕はこのときから、いや、もっと前、出逢ったときから理央に惹かれていたのだろう。
だからこそ自分でも戸惑うほどの感情が芽生えていた。

第七話　胸を締め付ける想い

🦇 リハビリ　光輝side

月曜日。
理央との授業の日だ。
約束の時間ぴったりにドアがノックされた。
「どうぞ」
ドアが開いて息切れした理央が入ってきた。
「どうしたんだ？」
「ほんとは30分前に着いたんだけど早すぎたから校門の前で時間つぶしてたんだ」
「そうなのか？」
「でね、時間になってからダッシュしてきた」
息切れの理由はそういうことか。
「電話をくれれば別に大丈夫だったのに」
「でも忙しいだろうから」
理央は私服だった。
「今日は学校早かったの？」
「早退！　制服目立つから着替えてきた」
「早退って…大丈夫なのか？」
「いーのいーの♪」

新作Press

安カワで Happy

November 2011 Vol.50

入会No.1!! ありがと♥プライス 全1 490円!

魔法のらんど文庫が買いやすくなったよ！

魔法の♡らんど文庫
人気タイトルの情報や最新作の裏側をチェック!

感動の嵐を呼んだ
『一期一会（いちごいちえ）』

AKuBiy（アクビー）の最新作！

春待月
（ハル　マチ　ヅキ）

～キミに、逢いたくて。～

読者からリクエスト殺到の話題作ついに刊行!!

Pinklatte あげちゃうっ♥♥
冬恋応援キャンペーン中　こちらをチェック！

☆ 魔法のiらんどNEWS ☆

みんなで書いてみんなで選ぶ日本最大級のケータイ小説コンテスト

第5回 iらんど大賞

最優秀賞 賞金 **100万円**
アスキー・メディアワークスより書籍化

各部門賞 賞金 **30万円**
アスキー・メディアワークスほか各社から書籍化

いよいよ 受賞候補 **100作品** 発表!!

テーマ別スペシャルランキングも！今すぐチェック!!

魔法のiらんど史上 最恐のホラーが再び……
ゴメンナサイ
2012年2月8日 BD&DVD発売決定!!

主演：Buono!（鈴木愛理、夏焼雅、嗣永桃子）
監督：安里麻里
原作：日高由香「ゴメンナサイ」（魔法のiらんど／双葉文庫刊）

発売・販売元 バップ
©2011 日高由香／アスキー・メディアワークス／「ゴメンナサイ」製作委員会

Sweets
恋バナ＆恋テク＆ランキングいっぱいの掲示板♥
魔法のiらんどイメージガール 松井愛莉 ©

魔法のiらんど文庫　新作PRESS Vol.50

発行●(株)アスキー・メディアワークス　編集●魔法のiらんど文庫編集部　03-5216-8376
〒102-8584　東京都千代田区富士見1-8-19　2011年11月25日発行
※本紙面に記載の各定価・予価は税込(5%)です。※2011年11月末現在の定価です。

理央の私服姿はとても高校生には見えなかった。
「モデルみたいだね。スラッとして」
「モデルだから。バイトしてるの。ファッション雑誌の」
「そうなんだ。道理で」
「落ち着いたからそろそろ始めようか」
理央が席に着くと、僕はこの前出した課題のレポートを提出させた。
よくまとまっている。
レポートを見るだけでも理央の学校での成績が想像できる。
かなりいいだろう。

それから２時間ほど授業を行った。

「少し休憩しようか。何か飲む？」
「大丈夫！　持ってきたから」
理央はバッグからこの前と同じお菓子と飲み物を出した。
「先生はブラックでいい？」
「ああ、悪いね」
僕がお金を渡そうとすると理央はそれを制して言った。
「今日は予定無いの？」
「えっ？　無いけど」
「じゃあ飲み物代はいいから晩ご飯ご馳走してよ！　この前約束したし」
「約束？」

「したよ！」
理央は笑顔で言った。
「わかったよ。ご馳走するよ」
「やったッ‼」
両手を握って小さくガッツポーズをした。
よく見れば仕草や笑顔に10代特有の幼さが見て取れる。
「君は学校の成績、かなりいいんじゃないか？」
「まあね♪　でも日本史だけガン」
「そうなんだ」
「小学校のときとかはできたんだけどね…」
理央は飲み物に口を付けてから言った。
「ほら、私ってハーフじゃない？　けっこうからかってくるんだ。男子とか」
「うん」
「外人とか言われても私は日本人だから。だから国語と社会は特に気合い入れたよ！」
理央は笑顔で言う。
「でもいつの間にか日本史はわからなくなっちゃった」
お手上げのポーズをとった。
休憩の間に進めた範囲でわからないところは無いか聞いてみた。
そうして授業を再開すると、あることを連想した。
心理学者のユングは患者の治療にあたって対話を重要だと考えた。

同じ心理学者のフロイトは、治療の際に寝椅子に患者を寝かせ、連想することを何も隠さずに話させ、それを分析するという治療を行った。
その間は患者からは見えない頭のほうに座って話を聞く。
対照的にユングは患者と向かい合って座る。
対面し対等に語り合う形をとった。
僕にとって理央の授業はユングのそれに似ている。
理央と向かい合って話すことで、遠い昔にしまい込んだ感情が少しずつ湧きでてくるのではないだろうか？
僕は理央との授業を自分のリハビリのように捉えだした。

しばらくして時計を見るともう７時近かった。
「今日はここまでにしよう」
「うん。で、どこに連れていってくれるの？」
「あんまり気のきいたところは知らないなあ」
「どこでもいいよ」
「そうかい」
「あっ、バス停の前にラーメン屋があったからそこでいいよ！」
「君がラーメン？」
「お腹すいてるの。ガッツリ食べたいから。あ、でも学校の近くだからまずい？」
「大丈夫だよ。別に人目を気にする必要は無いよ」
「じゃあ行こう!!」

こんなに嬉しそうな顔をするなんて。
店内に入ると学生らしい客は２組くらいだった。
僕たちはラーメンとチャーハン、餃子(ギョーザ)にビールをオーダーした。
居合わせた学生たちはチラチラと僕たちを見る。
正確に言うと理央のことを。
「ごめんなさい。なんかまずかったかな……」
理央は僕の立場を考えてくれたように、申し訳なさそうに言った。
「大丈夫だよ。講義では見かけない顔だから。君が綺麗だからじゃないかな」
「ああ、まあね。校門の前で時間つぶしてるときも２、３人に声かけられたよ」
「なんて？」
「どこの学科？とか携帯番号とか」
「30分で……すごいね」
「慣れてるから。そういうの」
理央は毛先をいじりながら笑った。
そうしているとビールが運ばれてきた。
「すいません、コップ二つお願いします」
「おい、まだ未成年だろう！」
「今どきみんな飲むって。それに先生は私の担任でもないし学校の先生でもないから気にしないでよ」
「そうだな。君の素行は僕の管理するようなものじゃない

84　第七話　胸を締め付ける想い

からな。でも未成年と一緒にいる大人として黙認はできないよ」
「ちぇッ！」
理央はちょっとすねたような顔を見せるとオレンジジュースを注文した。
「じゃあお疲れ様！」
「君もお疲れ様」
軽くグラスを合わせて乾杯した。
「おいしいね！　ここのラーメン！」
「そうかい？　どこにでもある味だよ」
「でもおいしい！」
理央はそう言うと、空になった僕のグラスにビールを注いだ。
「ねえ、先生。先生は彼女とかつくらないの？」
「またその話かい？」
「面倒くさいから。だっけ？」
「ああ。必要無いよ」
「そうかなぁ？　寂しくならない？」
「今まで１人で寂しいと思ったことは無いよ。それに今更……」
「今更って？」
「ああ、この歳まで１人だと結婚とかも関心が無くなるよ」

僕は理央に本当の理由を言わなかった。

死んでいくのに今更新しい人間関係を構築しようという気は無かった。
ではどうして僕は理央とこのような時間を過ごしているのだろう？
「じゃあ私が一緒にいてあげようか？」
「えっ？」
「私が先生の彼女になるよ！」
「ダメだよ」
「どうして？　私って魅力無いかなぁ？」
「いや、君は綺麗で明るくて充分魅力的だと思う……ただ年齢がね」
「そういうの気になる？」
「気になるよ」
「私はもう大人だよ。子供じゃないし」
「えっ？」
「いまHなこと考えたでしょう？」
「考えてないよ」
理央は僕の反応を見て笑った。

店を出てバスに乗る。
駅に着くと僕たちは別方向の電車に乗ることになる。
改札に入ると理央は別れ際に言った。
「待ってるから言ってね」
「何を？」

「先生が私の歳を気にならなくなったら。その間は遊びなら他の女と逢っても許してあげるよ！」
そう言うと笑顔で階段を下りていった。
どういうつもりだろう？
僕と特別な関係になったつもりなのか？
だが不思議と理央のことをずうずうしいとは思わなかった。

ホームに下りるとちょうど向かいのホームで理央が電車に乗ったところだ。
理央はホームで電車を待つ僕に気がついて微笑んだ。
そして僕に向かって投げキッスのポーズをした。
おい！　人がいるよ！
僕は周囲の視線を気にして赤面した。
理央はそんな僕が視界に入っただろうか？
電車は走り去った。
このとき僕は自分の中で理央を特別な存在と認識し始めていた。
帰りの電車でそれを実感した。

胸を締め付ける想い　理央side

昨日…先生との授業のあと。
帰り際の電車で……先生恥ずかしがってたな。
思い出すと自然と笑えた。
多分、普通の人はああいうのが日常なんだろうな……
でも私にとっては非日常だ。
今日はまたみんなとマンションに行ってから援交しないと。
ヒナやマキ、ミホもほったらかしにはしておけない。
援交は楽しい訳じゃないけど抵抗は0(ゼロ)だった。
そのあとにお金を使うこともたいして楽しくない。
そんな日常でお金持ちの"パパ"もできた。
名義は違うけど私が自由に使えるマンションもある。
貯金している訳じゃないけどお金は増えてく。
周りにいる子はみんなうらやましがる。
最近までは私もそれでよかった。
でも先生に逢ってからは今の日常に疑問を感じている。
バレたら受け入れてはもらえないだろうな……
ナオコやトモ子のこともある。

いろいろ考えてるとボーッとしてたみたい。
後ろにいたミホに言われた。
「理央、ドア開けて。理央が手かざしてくれないとドア開かないよ」

「ああ、ゴメンね。考え事してた」
「最近、理央変わったよね。ていうか明るいときが多くなったけどボーッとしてるときも多いみたいな」
マキにつっこまれた。
「別に…ちょっと考えてるだけだよ」
「何を？」
「ん〜、将来のこととか」
「マジ？　大人だね！」
「うるさいな！　さ、着替えて金を作りに行くよ」
私は作り笑いで４人に言った。

いつも全員相手が見つかる訳じゃない。
都合よくいかない日もある。
今日は私とマキが、相手が見つからなかった。
そういうときはどこかで時間をつぶす。
今日は渋谷だから私たちは大通りにあるマックで残りの３人を待った。
「あーあ、せっかく買い物したかったのに最悪ゥ！」
マキがグチッた。
「いいじゃん。私が内緒でお金あげるよ」
「マジ？　いいの？」
「うん」
「いいなぁ〜理央は」
「それよりさぁ、どうせなら彼氏と遊んでくれば？」

「えっ？　だってみんなに悪いよ」
「最近マキはどう？　こういうのダルくない？　私はなんかもういいかなって感じなんだよね。最近」
「私もたまに彼氏に悪いかなぁって思うけど……でも贅沢できるし今更やめられないてのもあるよね」
「でもいつか終わらせないとね。いざというとき相手にひかれるよ」
「そうだよね。でもみんなに話しても彼氏がいる私たちだけの悩みみたいなもんと思われるんじゃない？」
「そうだね。でも飽きてきたかな。全部」
「理央どうしたの？　やっぱり変だよ。何かあった？」
「何も無いよ。でもマキの言う通り。今更やめられないよね」
「でもさぁ、飽きちゃったらしょうがないじゃん。所詮遊びだし」
「でも贅沢できなくなるよ」
「それがやっぱ痛いなぁ」
マキがそう言うと私たちは笑った。
笑いながら私はマキやヒナ、ミホと初めて会ったときを思い出した。
今まで思い出したことは無かったのに。

まだ入学して間もない頃に３人は私に声をかけてきた。
≪ねぇ、モデルやってる理央ちゃんでしょ？≫

私は中３の頃から雑誌でモデルをしてた。
３人は大分前から私に気がついていたらしい。
私は高校に入ったときは"仲良し"をつくらなかった。
その頃は適当に学校で合わせるくらいだった。
３人は私の"モデル"という肩書きに憧れてた。
使える！と私は思った。
３人を雑誌関係の人に会わせたり、サンプルでもらった服をあげたり。
そして"パパ"のマンションに招待した。
贅沢に遊ぶためにどうすればいいか教えてあげた。
そして更にお金が入る方法を教えた。
"バービーちゃん"を使ってお金を巻き上げる。
その気になれば自分の父親並みに稼げることに気がついた３人は喜んでのってきた。
何が楽しくてそんなことを考え付いたのか自分でもわからない。
「ねえ、理央」
マキに呼ばれて考えるのをやめた。
「ん？」
「また週末くらいにはユウジ君からお金が入るんでしょう？」
トモ子の相手から取る慰謝料のことだ。
「うん。週末か来週のアタマには入るよ」
「また小遣い増えるんだ！　理央はすごいよ！　よく考え

付いたよこんなこと」
大したことじゃない。
そのへんのチンピラでも考え付くようなこと。
違うのは私たちが身バレしないってこと。

時間がたってみんな合流した。
お金を使って遊んだあとは解散。
私はトモ子と一緒の電車だ。
トモ子は別人のように変わった。
トモ子が目に見えてあかぬけてきたことでクラスの連中は驚いている。
今、私の目の前にいるトモ子は私が創ったトモ子だ。
本当のトモ子はメイクなんてしないし、男に抱かれたお金で遊ぶなんてことは考えもしない。
マンガとアニメが好きで同じ趣味の友達と一緒にいる。
だけどトモ子は今1人だ。
トモ子は私たちを友達と思っているが、私たちはトモ子を友達とは思っていない。
遊ぶお金を集める道具としか考えていなかった。
笑顔で私に話しかけるトモ子を見て私は嫌悪感を覚えた。
その嫌悪感はそのまま私のしていることにつながった。
ナオコもそうだしユウジだって私が創った。
ヒナ、マキ、ミホだって私が変えた。
「理央ちゃん、前より優しくなったね」

考え事をしていた私の耳にトモ子の言葉が入ってきた。
トモ子の言葉に私は驚いた。
トモ子には前から優しくしてきたつもりだけど。
「えっ？　変わらないよ」
「違うの。前から優しかったけど以前はどこか人をよせ付けないっていうか…一定の距離以上は踏み込ませない雰囲気があったけど、今はそういうのが無くなったってこと」
そうなんだ？
全然気がつかなかった。
やっぱり先生と出逢ってからかな？
今までの私の中には、自分の役に立つ人間と役に立たない人間の２種類しか無かった。
でもいつの間にか私の中にはそのどちらでもない先生がいた。
もっと話したい……先生と！
そう思うと鼓動が高鳴って胸が締め付けられるようだった。
先生のことを想うと苦しいけど……嬉しさで心がいっぱいになる！
これが誰かを愛するってこと!?
この胸を締め付けるような感情が"愛情"だと理解できたとき、私の中で驚きと喜びが混ざり合った……

第八話　新しい人生

何も無い…　理央side

私は家に着いてからいろいろ考えた。
私がしてきたこと。
部屋の明かりを消してベッドに入り込んでも考えることをやめなかった。
カチ…カチ…カチ…
静かな部屋で時計の音がやけに大きく聞こえる。
真っ暗な天井を見つめていると私の頭の中に言葉が浮かんだ。
『私…何も無いや』
真っ暗な部屋で私がわかったことだった。
いや、前からわかってはいたけれど、なんとも感じなかっただけだ。
私には友達も彼氏も何も無い。
あたりまえだ。
自分でそうしてきたんだから。
14歳のときから人を否定して、なんでも自分の手に入れようと思ってやってきた。
お金、服、男、モデルというステータス。

欲しいものをもっと搔き集めたくて人を利用してきた。
でも17歳になって、ある日気がついたら私の心はまったく満たされていなかった。
何も無い。
この世界で私を理解している人は誰もいない。
0だった……。私は0だった。

1日置いてユウジから連絡があった。
慰謝料を回収したから渡せるって。
翌日、私はユウジと渋谷で待ち合わせして2人で買い物した。
ユウジに対するオンリー感を演出するためにVUITTONのサングラスをプレゼントするとユウジは喜んだ。
ホテルに入るとシャワーも浴びずにいきなり求めてきた。
一回終わるとユウジは慰謝料を渡してきた。
80万円もある。
「どうしてこんなにあるの？」
今まで受け取ってきた額の倍以上もある。
「昨日の奴。けっこう有名な企業で今度昇進するらしくてさ、モメ事は困るだろうと思って100万円ふっかけたら、今後一切関わらないのとホテルから2人で出てくる写真とデータを引き換えにすぐに払ったよ」
得意気に話すユウジを私は睨みつけた。
「どうして勝手なことするの？　私いつも言ってるじゃん！

50万円以内にしないと相手も開き直ってトラブルって！」
「そうだけど俺だって相手を観察して調べてふっかけたんだぜ」
「それでもダメ！」
「いや、お金多ければ理央が喜ぶと思ってさ……」
私はため息をつくと優しい瞳でユウジを見つめた。
「ありがとう。ゴメンね怒って。でもねトラブルと私もユウジもヤバイから。だからちゃんと私の言う通りにして」
「ああ、わかったよ。勝手してゴメン」
私はユウジに覆い被さってキスすると聞いた。
「私はユウジのこと好き。ユウジは私のこと好き？」
「好きだよ」
「愛してる？」
「ああ」
「愛してるって言って」
「愛してるよ」
「もっと言って。ずっと言ってて」
これをいつも繰り返すことで、ユウジは私の言うことはなんでも聞く。
ナオコと同じやり方。
終わったあとに少しサプライズで、
「今日はお金はいいよ」
「どうしてだよ？」
「たまにはいいの。彼氏だから。その代わり今度何かプレ

ゼントちょうだい!」
「ああ! 何がいい?」
「考えとくね」
ユウジに恋人感を感じさせて駅で別れた。
自分のしていることに嫌悪しながらも私はやめられなかった。
どうやってやめればいいのか?
このままズルズルと続ける限り、毎日嫌いな自分を見つめなくてはならない。
いつまでたっても0のまんま……
入れ忘れていた携帯の電源を入れるとメールの着信があった。
先生からメール。
「先生からだ!」
私の中は嫌悪感や罪悪感が吹き飛んで嬉しい気持ちでいっぱいになった。
＞今度の授業の予定だが……
授業は来週の火曜日だって! やった!!
私の頭は先生でいっぱい!
早く家に帰って電話しよう!
私は地元の駅からタクシーに乗って家に帰った。

部屋に駆け込むと明かりをつけて携帯の電話帳を開いて先生の番号を発信した。

もどかしい！　早く！　早く！
コール音が一回、二回、三回…
『はい』
出た！
「私！　理央！」
『ああ。着信でわかるよ』
相変わらず素っ気ないなぁ。
「火曜日ね、大丈夫だよ！　何時に行けばいい？」
『また３時でいいよ。今度は早く着いたら電話するんだ』
「大丈夫だよ！　仕事でしょ？　早く着いたら待ってるよ」
『いや、待たせるのも悪い。もっともあまり早く来ても講義中なら仕方ないが…終わっているなら待たせるのは悪い』
「心配？」
『何が？』
「また私が生徒に声かけられてナンパされたりするから」
『別に、そんな心配しないよ』
「あっそう！　最近はねぇ、可愛い子は拉致られたりするんだよ。いきなり車に連れ込まれてね、マワサレたりするんだよ」
『そんな……極端すぎる』
「でもホントにあるから。知ってる子でヤラれた子いるって聞くし」
『だがうちの学生がそんなことを……』
「ほら。心配になってきたでしょ？」

『まあ、そこまで言われると……心配するよ』
「よしよし。早めに着いたら電話するから！　安心して」
『わかったよ。君と話しているとペースが狂うなぁ』
「好きな人の前だとペース狂うもんだって！」
『君にそんな感情は無いよ』
「はいはい。じゃあ火曜日ね！」
『ああ。おやすみ』
「おやすみなさい」
電話を切ったあと私の中に実感したことの無い孤独が押しよせた。
世界中にほんとうの私のことを知っている人間は１人もいない。
パパもママも……
友達も……
誰も私のことを知らない。
ほんとうの意味で私は独りだったんだ……
そのとき私の頭の中に先生の顔が浮かんだ。
笑うことの無い先生。
悲しくても涙することの無い先生。
あの人もまた独りなんじゃないだろうか？
誰にも本質的には理解されずに孤独なんじゃないだろうか？
だから感情を抱くことも表すことも忘れてしまったのかも？

あの人に聞いて欲しい！
私のことをわかって欲しい！
自分が０の人間だということを先生に話そう。
先生は私みたいに悪いことをいっぱいしてきた訳じゃない。
でも私と同じように……
独りぼっちなんじゃないかな？

火曜日。
前にならって午後の授業をバックレて先生の大学に着いた私は部屋に向かった。
ドアをノックすると声が返ってきた。
「どうぞ」
ドアを開けた私はふざけて手を上げて「よっ！」と挨拶した。
「はい。レポートやってきたよ！」
「うん。じゃあ座って」
レポートを受け取った先生が言った。
歴史の授業が始まった。
来週は試験がある。
頑張って結果を出して先生を驚かそう！
休憩をはさんで２時間みっちりやった。
「来週は試験だったね？」
「うん」
「君にした授業はどちらかというと試験には役に立たない

と思うけど大丈夫かい？」
「大丈夫！　先生の授業で学年トップになるよ！　私、日本史だけガンだったから」
「そうか」
ノートを片付けながら自然と口から言葉が出た。
昨日思ったように先生に話そう。
「先生。私、聞いて欲しいことがあるんだ」
「なんだい？」
私は目を伏せると軽く息を吸ってから話しだした。
「私ね…昔、その、あることがあって…それから人が信用できなくなって……」
先生は私をじっと見て口を開いた。
「何かあったんだな……聞こうか」
先生は私の前に座った。
沈黙が流れた。
何をどう話したらいいのか……
「私、14歳の頃に彼氏に騙されたの。そのときにいろいろあって…」
詳しく話すことが怖かった。
曖昧（あいまい）な言い方しかできない自分が情けない。
「それから人をよせ付けないで生きてきたの……パパもママも私には絶望してるの。私が裏切ったから」
私の瞳には涙が浮かんできた。
先生は黙って聞いていた。

私は先生の瞳をまっすぐ見て続けた。
「だから私にはいないの……友達も……恋人も。私ね、０なの。なんにも無いの……何も無い……」
私の瞳から涙がこぼれた。
先生の口が開いた。
「おめでとう」
「えっ？」
私は先生の言葉が理解できなかった。
「どういうこと？」
「君は０だと言った。何も無いと……今まで過ごした時間で何も無いと気づいたときから君の新しい時間が始まったんだ。だから……新しい人生の始まりだ。おめでとう」
新しい人生の始まり……!?
「自分の人生を悔いたとき、残された時間の少なさに絶望する人もいる」
先生は間を置いて続けた。
「ただ、人は自分の過ちに気がついたときからやり直せる……どんなわずかな時間でもね。今からやり直せる君は幸せだと思う」
そっか……だから"おめでとう"なんだ……
「じゃあ、新しい人生のお祝いして！　今度デートして！」
「えっ？」
「だって、せっかくおめでたい日なんだし……なんかご褒美欲しいじゃん！」

「まあ、そうだが」
「いいでしょ！」
「ああ。わかった」
「ホントに!?　やった!!」
嬉しい。こんなに嬉しいなんて！
私は初めて思った。
人と触れ合ってこんなに嬉しい気持ちになったのは初めてだった！

カオリ　光輝side

僕は理央と別れたあとに考えた。
彼女はなぜ、僕を必要とするのか？
たしかなのは、僕が理央を必要としてきていることだ。
理由は自分でもわからない。
理央のルックスに魅せられたのか？　明るさ？
もうすぐ僕は消えて無くなってしまう。
理央はそんな現実を忘れさせてくれる。
現実逃避の道具にすぎないのかもしれない。
いろいろ考えたが結論は出なかった。

試験が終わったらデート。
今まで他人を愛したことが無かった自分が今更、しかも女

子高生とデートするとは。
部屋に帰るとカオリが来ていた。
カオリは合鍵の場所を知っている。
「どうしたんだ？」
「光輝、私、光輝と暮らそうと思って」
「えっ？」
「だってこれからだんだん不自由になるでしょう。手助けが必要じゃない」
「いよいよになったら入院する。心配いらないよ」
「心配よ！」
声を荒らげたカオリに僕は驚いた。
「光輝、あの頃みたいに私を側にいさせてよ！　もういなくなっちゃうんだから……」
カオリが僕に親戚を超えた感情を抱いていることは知っていた。
しかし僕はカオリに対して恋愛感情は持てなかった。
ただカオリの感情に応えなくてはいけないという義務感のようなものから２人で出かけたりはした。
他人から見たら恋人同士のように見えただろう。
カオリは僕への感情が抑えきれず一度自殺しかけたことがある。
彼女の感情をわずかでもかなえてやるしか助ける方法は無かった。
だが、おじ夫婦にも申し訳が立たない。

しばらくしてからカオリを説得して彼女を納得させた。
カオリも今まで恋人が何人かはいたはずだ。
「私、光輝が私とのことで苦しんでいるの知ってたから説得されたことにしてたの！　でも忘れたことは一度も無いわ！」
「悪いが僕にそんな気持ちは無いよ。あのときに話した通りだ」
「いいじゃない！　最後くらい」
「おじさんたちに申し訳ないじゃないか。君は死んでいく人間なんか相手にするなよ」
「だれか好きな人がいるの？」
「僕はそういう感情は今まで一度も、だれにも抱いたことは無いよ」
「私にも!?」
「ああ。ああしなければ君は自殺しようとしていた」
カオリは泣き崩れた。
「あの女ね！」
「えっ？」
「この前、大学にいた女子高生よ！」
「彼女とは何も無いよ。ただ勉強を教えてるだけだ」
「ウソ！　私にはわかるの。あなたのことは」
「君は何を言ってるんだ？」
「認めない！　私以外に光輝の側にいる女なんて！」
「いい加減にしてくれ。泣くなら家で泣いてくれ」

カオリは涙を拭うときびすを返して部屋を出ていった。

カオリは僕への感情を断ち切っていなかった。
まだ継続していて、僕が死ぬという現状が彼女のリミッターを振り切らせたのだろう。
抑えていた感情が爆発した。
しかし僕はカオリを拒絶した。
それはカオリに対して恋愛感情を持っていなかったから。
たしかにそれもあるだろう。
だが、それだけなら泣きすがるカオリを形の上だけでも受け入れられたはずだ。
昔のように……
以前の自分と現在の自分、決定的に違うことがあった。
『人生そのものに意味なんて無い』
そう思っていた自分の価値観が今は変わってきていた。
理央がいた。
何も無い僕の中に誰よりも温かく優しい彼女がいた。
カオリに想いを告白されたとき、僕の心の奥底から太陽のように昇ってきたのは理央だった。
僕に向けられる、はじけるような理央の笑顔。
あの数分のやりとりの間に僕の中にはさまざまな理央の表情が浮かんでいた。
理央……
彼女がどうして僕に好意をよせてくれたのか、それはわか

らない。
だけど彼女の想いが僕の心を揺り動かしていた。
喜びや悲しみ。
憎しみでさえも表すことを忘れていた僕に、人を想うひたむきさを彼女は思い出させてくれた気がした。
父に捨てられた僕の中にあった、誰かをひたむきに想う心……
精一杯に母を想ったあの感情を。
理央が僕を想うように、僕もまた彼女を想っている……
だが彼女の想いを受け入れたとき僕たち２人に用意された現実はあまりにも厳しいものだった。
それはわかっている。
わかっていても尚、理央の想いを受け止めたい。
もっと彼女と心を通わせたかった。

週が明けた水曜日。
今日は理央が言っていた試験の日だ。僕は昼食を済ませると午後の講義の準備を始めた。１時だからもう試験は終わっただろう。
今日は午前中で学校が終わるから僕に採点して欲しいので連絡すると言っていた。
教室に入ると生徒たちが礼をする。僕はテキストを開いて講義を始めた。
すると生徒たちに交じって理央がちゃっかり座っている。

一瞬驚いたが生徒に悟られないよう咳払いする。
私服だから高校生には見えない。
だけどオシャレすぎというかなんというか…
学生の中でも浮いて見える。
理央はいたずらっぽい笑みを浮かべてノートを開いていた。

90分の講義が終わると僕は急ぎ足で個室に戻った。
何をしてんだ彼女は？
するとドアがノックされた。
「私！」
「君か……どうぞ」
僕はため息混じりに返事をした。
「へへへ……サプライズだったでしょ？」
「君ねぇ、講義に来るなんて聞いてないよ」
「言ったら面白くないじゃん」
理央はそう言って笑うと、バッグから今日の試験の問題用紙を出した。
「そこに答えも書いてあるから」
僕は採点を始めた。
87点。
「今までの歴史の平均点は？」
「50点台かなぁ…何点だったの？」
「87点だよ」
「ウソ!?」

「ホントだよ」
僕が問題用紙を返すと、理央は嬉しそうに用紙を胸の前で抱きしめた。
「先生のおかげ！　ありがとう‼　これで学年トップかもね！」
「力になれてよかったよ」
「で？　デートはどこに連れていってくれるの？」
「そうだなぁ……」
僕が考えていると、
「映画観(み)に行こうよ！　で、ブラブラしてお食事して！」
「何か観たいのがあるの？」
「先生が好きなのでいいよ」
「僕は特に無いよ」
「じゃあ、考えておいてよ。今度の土曜日でいい？」
「土曜日か……来週なら空いてるなぁ」
「じゃあ決まり！　来週の土曜日ね！　待ち合わせ場所とか連絡してよ！」
「ああ、わかった」

僕が明日の講義の準備をしている間、理央は本を読んでいた。
準備が終わると２人で大学を出て駅まで一緒に行った。
理央は学校のことやバイトのことを楽しそうに僕に話した。

第九話　天使の恋

もう思い切ってみんなに話そう。
先生のことを。
話はそれからだ。
私はみんなにメールして、学校が終わったあとに駅前のマックに集合するようにした。

そして放課後。
「どうしたの理央？」
「いきなり呼び出し？」
ヒナ、マキ、ミホが集まった。
「うん。ちょっとみんなに報告があって」
「何？」
「またなんか思い付いた？」
「違う。彼氏ができた。っていうか好きな人ができた」
「マジで？」
「理央が好きな人？」
「ユウジとかは？」
「いずれ話すよ。ユウジにも"パパ"にも。だからいつものマンションはもう使えなくなっちゃう。ごめんね」
「なんで、いつもと違うの？　普通に今までみたいにやれ

ばいいじゃん」
マキが身を乗りだして聞いてくる。
「その人に悪いから。だから、今までみたいに援交とかできない」
「理央ほんとに好きなの？　理央の口からそんな言葉が出るなんて……」
ミホがしんみり言った。
「ほんとゴメン。私が始めておいて勝手だけど」
「しょうがないなぁ…理央がやめるなら私もやめるよ」
ヒナが背もたれに身体を預けて言う。
「私も」
「私も。彼氏に悪いし」
ミホ、マキもヒナに続いた。
「でも贅沢できなくなるのはキツイなぁ」
「男でもつくって貢がせるかな」
ヒナ、マキが顔を見合わせて言う。
「大丈夫。3人ともイケてるから」
私が言うとミホが首をかしげて聞いてきた。
「じゃあ、トモ子を使った集金もおしまい？」
「そうなるね」
「そうだよね。理央がユウジと切れたら無理だもんね」
納得したように頷くミホ。
「まっ、しょうがないよ。お金欲しくなったら単独でするだけだし」

そのあとは３人から質問攻め。
「ねぇ、理央が好きになった人ってどんな人？」
「見たい見たい！　理央を変えた男」
「どうやって知り合ったの？」
私は３人に先生と出逢ったきっかけを話した。
間違い電話から電車で乗り合わせたこと。
先生の外見や大学の講師をしていることを聞かせた。
「何それ？　メチャクチャ運命っぽいんですけど！」
「そんな偶然あるんだね！」
「だって間違い電話しなければ電車で声を聞いてもわからないからそのあとも無い訳だよね？」
先生は私の運命の人か…
それいいかも!!

「遅れてゴメンね！」
トモ子がやってきた。
「何盛り上がってたの？」
「理央の運命の人との出逢いの話！」
ヒナが言うとトモ子も喰いついてきた。
「えっ！　私も聞きたい！」
「じゃあ理央、もう一回最初からお願い！」
「もう一回？　恥ずかしいよ」
「いいじゃん！　いい話なんだから」
私は何度もつっこまれながら同じ話をした。

友達というカテゴリーに属するこの子たちとこんな気持ちで話したことは今まで無かった。
「で、もうヤッタの？」
ミホのいきなりの問いかけに、私の顔は真っ赤になった。
「まだしてないよ。付き合ってもないし、手も握ってもらえない」
「え！　理央が⁉　信じられない！」
「だから私の一方的な片想いなんだって！」
私が言うと４人は一瞬ポカンとした顔をした。
「結婚しても旦那とヤルときは金取るって言ってた理央が……」
「恋愛。しかも片想い！」
「理央、キャラ違うよ！」
なんだかみんなにからかわれてるみたい。
たしかに自分でもキャラじゃないって思う。
おかしくなって笑えてきた。
「ねぇ、今度紹介してよ！」
「そう！　見たい見たい！」
「ダメだよ。先生にも都合があるよ」
「今日は？」
「はぁ？」
「ほら、私たちも勉強のコツ聞きたいとかさ」
私は根負けしてため息をついた。
でも少し先生のことを自慢したいといった気持ちもあった。

「じゃあ電話してみるよ」
私は先生に電話してみた。

『はい』
「私！」
『どうしたんだい？』
「あのさぁ、私が歴史の点数上がったから友達も勉強したいって言ってるの」
『うん。で？』
「今度連れていっていいかなぁ？」
ちょっと間があり、
『いいよ。明日とかは午後の講義も無いし』
「わかった。大学に行くね。あと……」
私は声をひそめた。
「映画決まった？　どこに行くの？」
『ああ、あとで連絡するよ。今、選んでるから』
「うん！わかった！　またね！」
電話を切ると４人の目が私に集まった。
「どうだった？」
「明日なら空いてるって」
「マジで？」
「その代わり午後の授業は出ないで着替えていくからね」
「着替えていくの？」
「あたりまえだよ。制服じゃ目立って恥ずかしいって」

「わかったわかった」
「明日楽しみじゃない？」
「ホント！」
みんなは冷やかし半分だけど、私は妙に嬉しかった。
これで先生が彼氏だったら言うこと無いけど……
みんな解散して私とトモ子は同じ電車に。
「理央ちゃんよかったね！　そんなに好きな人ができて」
「いいよ、恥ずかしいから言わなくて」
そうだ！　トモ子にも言っておかないと。
私は声をひそめて話した。
「あのさぁ、実は"パパ"やユウジは全部切ろうと思うんだよね」
「うん」
「それでね…援交もやめようと思って。トモ子ももうやめよう。一緒にやめよう！」
「えっ？　いいけど……でも私、理央ちゃんたちと一緒に遊びたいし……」
「大丈夫！　私、トモ子の友達だから。変わらないよ！」
「うん！」
「今度また私の絵を描いてね！」
私はさっきみんなと話していて違和感を感じていた。
なんなのかはわからなかったけど……でも、今トモ子と話してハッキリわかった。
みんなモラルがマヒしていた。

たしかに援助交際をゲーム感覚でやっていた。
みんな普通では手に入らないお金を手にして遊びまわった。
みんなのモラルをマヒさせたのは私だった。
身体を売ることに罪悪感を感じないように仕込んだ。
最初はみんなに人格なんて感じてなかった。
私の側にいたいんだから役に立つのがあたりまえ。
そう思っていた。

だけど先生に出逢ってから私が変わってきたように、みんなに対する思いも変わってきた。
ヒナ、マキ、ミホ、トモ子、ナオコ、みんなの人格を私が認めたときに心の奥でとても怖い感情が湧き上がってきた。

私は汚れている……
みんなも同じように汚れていて、そのみんなを汚したのは私……
取り返しのつかないことをしてしまった。
償いようのない罪を犯してしまった。
人を好きになったから……そのおかげで真人間になったから全部チャラなんてありえない。
きっと裁かれる。
私に裁きがきっと訪れる……
私は先生を好きになる資格なんて無い！
もちろん幸せになる資格も……

だけど先生と一緒にいたい！
私の中に生まれた罪の意識は……まるで真っ暗な穴をのぞいたときに底から見つめ返されているような……
でも許されるなら——
これからの時間を先生と共有したい！
私は罪の意識を感じながらも、生まれ変わった日常に没頭した。

今日はみんなで先生に会いに行く。
違った！　私の大好きな人をみんなに紹介するんだった！
「じゃあみんなお昼食べ終わったらいつものマンションに集合ね！」
そう決まると私は昼食を取らずに学校を飛びだした。
昼は途中で買ってマンションで済まそう！
ありえないことだけど人の好みはわからない。
他の4人に好みのタイプがいないとも言い切れない。
先生はどっちかと言うとオタクっぽいとこあるし、トモ子みたいなちょいロリ入ってるのが意外と危ない。
私が一番輝いてないと！
マックでハンバーガーを買って飲み物は冷蔵庫から出した。
さっさと済ませて着替えよう。
みんな来る前に決めておかないと。
あれこれ悩んで気合い入れてるみたいなとこは見られたくない。

しばらくしてから4人がやってきた。
私はギリギリ間に合った。
みんなと一緒に何気無いふりして着替える。
今日は暑いしGUCCIのワンピにしとこう。
胸元が切り返しになっててスカートがバルーン形のお気に入り!
準備が済んで先生の大学に向かった。
「最初に言っておくけど、先生は感情出すのが苦手なの。だから怒ってる訳じゃないから。それだけは覚えておいて」
「そうなの? 冗談とかあまり言わないほうがいい?」
「そうだね。あまり言わないほうがいいかも」
大学の門をくぐって先生の部屋に着く。
「お邪魔します」
ノックして入ると、机に向かっていた先生が振り向いた。
「あ、昨日話した友達。連れてきた」
うわ〜、緊張してきた!!
「そう。みなさんどうぞ。狭いけどそこの椅子へ」
先生は相変わらず黒いスーツにシャツ。
他に服無いのかなぁ?
「先生、私が急に歴史の点数上がったから、みんなコツを聞きたいみたい」
そうそう、みんなが変な質問する前に切りださないと。
「コツかぁ……まずは自分の好きなところをストーリー仕

立てで覚えることかな」
「ストーリーっていってもどうやって作るんですか？」
「それはねぇ……」
またつまらない質問して…自分で考えろ！　それぐらい。
それにノートくらい取れっての。
でもこの前講義にもぐり込んだときもそうだったけど、うちの学校の先生とは大違い。
ほんとに知的で今まで見てきた大人とは全然違う。
授業している先生を見てるのもいいかな……
「先生、理央ちゃんってどうですか？　優秀ですか？」
何聞いてんだ一体!?
「そうだね。熱心だし吸収力があるよ」
そりゃそうだよ。気合いが違うもん。
「理央はモデルもやってるし美人で、でも可愛いとこもいっぱいあるイイ子ですよ」
「えっ？」
話が変な方向に行ってる！
「こう見えても好きな人には意外と尽くすタイプかもしれませんよ。理央は」
やめなよ！
先生呆れてるって…
「僕もこんなに綺麗な人は見たことが無いよ」
えっ？　そうなの？
っていうか先生まで何言いだすの？

「外見だけじゃなくね。無論、最初に出逢ったときは外見でしか判断できないけど」
そんなこと言われたのは初めて。
「先生はどんなタイプの女性が好きなんですか？」
「ちょっとみんなやめなよ！　勉強の話なんだから……」
ミホの質問をさえぎった私を先生が手で制した。
「かまわないよ。こういう話は僕もあまりしたこと無いから」
怒ってない。表情は乏しいけど声は優しい。
「正直言ってモデルとか芸能人みたいな人は苦手だな……」
そうなの！？
「世界観が合わない気がする。住んでる世界が違うというか」
私じゃダメってことか……先生がちらっと私を見た。
「そういえば以前、電車に乗っていて痴漢と間違われてね……偶然、居合わせた人が助けてくれたんだ」
４人は「はっ？」て顔をした。
私のことだ…私と先生が初めて出逢ったときのこと…
「それからその人は……待ち合わせの時間に間に合うように息を切らして走ってきたり」
ああ…前の授業のときか。
私は恥ずかしかったけど……先生が話す"私たち"のことを黙って聞いていた。
「別れ際に電車から投げキッスしたり、おかまいなしに感

情を表現してくれる」
みんなも先生が私のことを言っているって気がついたみたい……
みんながチラッと私を見る。
恥ずかしい……！
「でも僕はそんな彼女を少しもずうずうしいとは思わなかった……段々と、いや、最初から惹かれていたのかも」
先生は私のことを見た。
とても優しい瞳で。
そして──
「外見的な華やかさとは別の、彼女の無邪気な明るさ、優しさは僕の中でどんどん大きくなってきてた。気がついたときには彼女を好きになっていた」
「歳とかは気にならないの？」
私は思わず聞いた。
先生は私を見ると、
「ならないね。さすがに16歳以下は抵抗あるけど」
一瞬、先生の顔が笑顔に見えた。
ほんの一瞬。錯覚かもしれないけど。
先生は私を「好き」と言ってくれた。
モデルやってて綺麗だからとか、私とヤリたいとか、そういうことじゃなくて…
１人の人間として私を「好きだ」と目の前で言ってくれた。
私は頭の中が真っ白になった。

１時間くらい話しただろうか、急にヒナが大きな声を出した。
「あっ!!　やばい!!」
「どうしたの？」
私が聞くと、
「今日約束があったんだ！　私たち行かなきゃ！」
「そうそう、みんな行かないと！」
マキも立ち上がる。
「えっ！　何、何？」
何を急に失礼なことを言いだしてるの？
先生わざわざ空き時間に付き合ってくれてるのに約束なんか入れんなって！
「すみません！　私たちこれで帰ります！　今日はありがとうございました！」
４人は頭を下げるとバタバタと部屋をあとにした。
残ったのは私と先生の２人。
なんだか気まずい……気利かしたのはわかるけど、これじゃあ私が仕組んだみたい。
いつもの先生の部屋なのに空気が違う。
先生も先生だよ。
ああいうことって普通は私と２人のときに言うものだよ。
いきなりの言葉に私はまだ頭が切り替わってない。
「先生、ごめんなさい！　あの子たちホントに失礼で、せっかく先生が──」

「いいよ。謝ることじゃない」
先生は机に向かって立ち上がるとカバンに本や資料を入れ始めた。
「あ…あのさぁ、さっきの言葉なんだけど、あれって私のこと？」
先生が振り向いた。
「ああ」
「すごい嬉しいんだけど……ほら、私この前まで相手にされてなかったっぽいし…」
先生は私をじっと見た。その目はとても優しく見えた。
「いつの間にか……いや、出逢ったときからかも……僕が気がつかなかっただけで」
「好きになってた？」
「ああ」
先生が頷いたとき、私の胸が締め付けられた。
胸が締め付けられて……そして嬉しくて嬉しくてたまらなくなった。
「君のほうこそ僕のどこがいいんだ？」
「わかんない。考えたこと無いし」
私が笑いながら言うと先生は、
「そうなの？」
と不思議そうな顔をした。
「だって、人を好きになるのに理由なんか考えないよ」
「たしかにそうかもしれないね」

「ねぇ、私たち、付き合うってことだよね！　恋人同士ってことでしょ!?」
「もちろん」
「嬉しい!!」
もう死んでもいいくらい嬉しかった！
「先生、またラーメン食べて帰ろう！」
「ラーメンでいいの？」
「うん！」
私と先生は部屋を出た。先生と並んで歩いてると顔がニヤケて困った。
私は先生の腕に手をまわした。
「おい、大学では困るよ……」
「大丈夫！　世の中にはもっとすごいバカップルがたっくさんいるから！」
そう言うと、照れている先生の頬にキスをした。

第十話　禁断の恋の始まり

理央は別れ際にまた電車の中からホームに向かって投げキッスをした。
僕は最初、彼女の気持ちに応える気は無かった。
しかしあのときは自然と彼女の気持ちを受け入れようと思った。
そして自分の口から「好き」という言葉が出た。
自分の心境の変化を分析していろいろと理屈づけようとした。
自分は死ぬ前にせめて楽しい一時を過ごしたかったのか？
理央に依存したかったのか？
そのどちらもかもしれない。
どちらでも無いかもしれない。
いくら考えても納得のいく理由は見あたらなかった。
理央が僕に言ったように「よくわからない」という単純な答えしか出てこなかった。
ひとつハッキリしているのは、僕は理央に惹かれているということだ。
たとえ、あと半年でこの世から消え去るとしても。
僕は自分が死ぬということは黙っていようと決めた。

卑怯なのはわかっているが、できれば彼女には今まで経験してきた恋愛の一つくらいという認識がいい。
ドラマや映画のような悲恋にしたくなかった。
僕とは違い、理央にはその後の人生があるのだから。
理央といることで、少しずつだが感情が心の壁から湧きでてきている。
それをハッキリと強く感じたのは、理央に惹かれていると自覚したときだった。

薬を飲みベッドに入ろうとすると携帯が鳴った。
「はい」
『私！』
「ああ、わかるよ」
『今日はごちそうさま！　先生は寝るとこ？　私は着替えて寝るとこだよ』
「僕も今寝ようとしてたとこだよ」
『あっ、ゴメンなさい。大丈夫？』
「大丈夫だよ。どうしたの？」
『どうしたのって土曜日のこと。あとで連絡くれるって言ってたでしょ』
「そのことか。ちゃんと考えてるよ。待ち合わせは12時に有楽町駅の改札でいいかな？」
『有楽町、ん～、わかった！』
少し悩んだ感じだった。

「どうかした？」
『うん、行ったこと無い駅だから』
「大丈夫？　場所変えようか？」
『大丈夫！　調べて行けるよ。先生の決めた場所でいいよ！』
「悪いね」
『映画は何観るの？』
僕は最近始まったサッカーの映画を言った。
『面白そう！　楽しみ！』
「ありがとう。そう言ってもらえると嬉しいよ」
『ホント？』
「ああ」
『じゃあ今笑ってる？』
「えっ？」
僕は思わず鏡を見に行った。
『今、鏡見に行ってるでしょ？』
その通りだった。
僕はおかしくなって吹きだした。
こんなこと25年振りじゃないか！
「そうだよ。よくわかったね」
『先生よかったね！　先生の笑う声初めて聞いたよ』
「すごいな君は。僕よりもカウンセリングの才能があるよ」
『今度は笑ってる顔を私に見せてね！』
そのあと、他愛も無い話をして電話を切った。

僕がまた笑うなんて。
理央と出逢うまでは考えもしなかった。
この日、僕は初めて理央と逢うのを楽しみに思いながら寝た。

土曜日。
僕は待ち合わせ10分前に有楽町駅に着いた。
理央は初めて行く場所だと言っていたが大丈夫だろうか？
改札を出ると全体がピンク、白、黒のフリルでできた短いワンピースを着た理央がいた。
黒いサンバイザーに同系色のバングル型時計、白いサンダル、黒地に白で"C"のロゴが組み合わさったバッグを肩掛けしている。
僕から見ると奇抜というかお洒落というか…
それにひきかえ僕はいつもの格好と代わり映えしない黒いスーツに、中がシャツからカットソーに替わったくらいだ。
僕に気がつくと理央は笑顔で小さく手を振った。
「ゴメン。僕のほうが遅れちゃったね」
僕は理央より早く来るつもりだった。
「全然！　さっ、行こう！」
そう言うと理央は僕の腕に手をまわした。やはりというか、すれ違う人の中には僕たちに視線を向ける人もいる。
「そういえば君はモデルをしてるって言ってたけど、けっこう有名なのか？」

「どうだろう？　でもよく声かけられるよ」
首をかしげてから笑って答える理央。
たしかに理央はスラッとしてスタイルもいい。
いるだけで周囲の目をひく。
「映画は何時から？」
「あっ、そうだった。まだ時間があるから昼でも食べようか？」
「うん！」
僕たちは昼食を済ませて映画を観た。
映画を観終わると理央は嬉しそうに、
「私、こういう映画初めて観たけどけっこうよかったね！」
「よかったよ。あまり女の子向けじゃないかなって心配したんd」
「全然！　先生、お店見ていい？」
「ああ」
銀座(ぎんざ)にはいろんな高級ブランドのブティックがある。理央は嬉しそうに物色していた。
「先生、先生はこういうブランド物って嫌い？」
「嫌いとかは無いけど今まで興味無かったね。こうして店に入ったのも初めてだよ」
「そう。今度は先生の服とか見に行かない？」
「僕はいいよ」
「私が選んであげるよ。今後の参考に」
そう言うと理央は僕の手をひっ張って別の店に入っていっ

た。
理央はずっと嬉しそうにしていた。
僕には理央の若さと健康的な美しさが眩しかった。

何軒かまわるとさすがにお腹も空いてきた。
「なあ、そろそろどこかで夕食食べようか？」
「あっ、ゴメン。もう一軒だけお願い！」
理央があまりに申し訳なさそうに言うので僕は気にしないように頷いた。
理央はVUITTONの店に入ると、まっすぐ右側のショーケースに歩いていった。
「先生、これよくない？」
見るとキューブ型のアクセサリーが二個付いたストラップだった。
下半分はピンク、上半分は透明で、ブランドロゴをあしらった飾りが中に見える。
「これさぁ、２人で付けたいな。色違いでケータイに。私と先生が出逢ったキッカケはケータイだから」
そう言えばそうだ。
理央は店員に声をかけてバッグから財布を取りだした。
「すみません、このストラップ、ピンクと白をください」
僕は横から店員に自分のカードを出した。
「プレゼントするよ」
「ダメだよ。高いよ」

「お祝いのデートだろ？」
「ホントに……ありがと！」
理央は店員がストラップを包んで持ってくるまで待ちきれないといった感じだった。

店を出ると僕たちは夕食の店を探した。
週末の銀座は人で溢れていた。
「先生、どこかいいところ知らないの？」
「前に先輩とよく行った居酒屋とかは知ってるけど」
よく考えたら僕はデートに使えるような気の利いた店は知らない。
「そこでいいよ！」
「居酒屋だよ。君は行ったこと無いだろ？」
理央がこの前のラーメン屋でお酒を飲めるらしいことは知っている。
でも居酒屋と理央のイメージがマッチしなかった。
大通りから脇に入ったところに居酒屋があった。
中はお洒落な内装とは程遠いが味はよかったはずだ。
席に着くと僕はビール、理央はウーロン茶を注文した。
「お疲れ様〜！」
理央の明るい声で乾杯した。料理も運ばれてきた。
「クジラの尾の刺身。これがけっこううまいんだよ」
理央は初めて見たと言うと刺身を頬張った。
「おいしい！」

店の味は落ちていなかった。
僕も美味しかったが、理央は嬉しそうに運ばれた料理を食べている。
その顔を見ているとこっちまで嬉しくなる。
僕は自然と微笑んでいた。
ふと見ると理央が僕の顔を見つめていた。
「先生の笑った顔、初めて見た」
そう言いながら微笑む理央の顔を見て、僕は最初に電車で逢ったときのことを思い出した。
初めて声をかけてきた理央。
理央を見たとき周りの景色がパッと明るくなったような気がした。
まるで天使が舞い降りてきたような……

僕たちは店を出ると、少し休もうとビルの裏手にある公園によった。
「はい！」
自販機から買ってきたコーヒーを理央が手渡した。
「先生、今日はずっと笑顔だね。どうしたの？」
「僕は自分がまた笑えるときがくるなんて思ってもみなかったから」
「どうして？」
僕は自分の過去を理央に話すかどうか考えた。
そして話すことにした。

「僕の両親は離婚したんだ……」
理央は黙って僕を見つめた。
「父は母と僕を捨てて他の女性との新しい生活を選んだんだ。僕が10歳のときだ」
「先生はお母さんと２人で暮らしたの？」
「ああ……正確に言うと母の実家で祖父と祖母と４人でね」
そして僕は話しだした。
「父の裏切りは母の心のバランスを壊してしまった。母は父に裏切られた悲しみでいっぱいになった。悲しみに耐えられず…僕の覚えている母はいつも泣いていた」
理央は変わらず黙って僕のほうを見て聞いていた。
「僕自身もまた、感情を偽り、常に笑うようにした……悲しくても笑っていた。僕まで泣いたら母は余計に悲しむと思って」
周りからは週末の騒ぎ声が聞こえてくる。
だけど僕たちの間には沈黙が流れていた。
「父さんがいなくても大丈夫……僕は悲しくない……だから昔の母さんに戻って欲しい。母さんの笑顔が見たくて子供心に必死にそう願っていた」
「先生は……お父さんを憎んだ？」
「ああ……どうして僕たちを捨てたんだ？　消えてしまったんだとね」
僕は昔を思い出し、父に対するそのときの感情が憎しみではないと気づいた。

「でも今考えるとね……僕は父を憎んではいなかったよ」
「どうして？」
「母の側に……僕たちの側にいて欲しい……愛されたいと願っていたんだ…愛して欲しいと」
そう……あのとき感じた憎しみは愛されたいと思う気持ちだったと、今考えるとわかる。
「だけど母が亡くなったときから、僕は感情を表に出さなくなってしまった……だれかを好きになったり、自然に喜んで笑ったり、泣いたりを……忘れてしまったんだ」
僕の話を聞いていた理央はいつの間にか泣いていた。
「どうしたんだ？　なんで君が？」
「先生……かわいそう……」
「君は泣かないでくれ。僕は君に泣いて欲しくない」
「先生がかわいそうだから私も悲しい……愛する２人はそういうものだよ」
そう言うと泣きながら理央は笑顔を作った。
くしゃくしゃになった理央の顔を伝う涙が僕にはとても綺麗に見えた……
こんなに綺麗な涙を僕は今まで見たことが無かった。
理央は僕のために泣いてくれた……
もうすぐ消えてしまうロウソクの灯火(ともしび)のような僕のために……

第十一話　対決

私の目の前でキューブ型のストラップが揺れていた。
下半分がピンク。
上半分が透明で中にあるブランドロゴや星がキラキラ光っている。
先生からのプレゼント。
私たち2人を結び付けているお揃（そろ）いのストラップ。
私は昨日のことを思い出していた。
ビルの裏の公園。
先生がどうして笑わなくなったか……
私は先生の話を聞いて涙した。
嘘の涙しか流したことのない私が初めて心の底から"悲しい"と感じて、ほんとうの涙を流したんだ。
考えもしなかった先生の人生。
でも私といることで先生が笑えるなら私は嬉しい！
幸せだと思った……
そうやって、ただ先生を毎日感じていることが。
ユウジにもキチンと別れ話をしないといけない。
でも昨日先生と逢った次の日に逢うのはなんだかイヤだった。
私はナオコを呼びだした。

家を出ると、いつもナオコと会うのに使っているマンションに向かった。

５月も終わりに近付いてるせいか最近は天気が夏みたい。
今年は先生と海行くのかなぁ……とかお気楽なことを考えた。
マンションに着くとナオコがドアの前で待っていた。
「ゴメン。待たせちゃったね」
私が謝るとナオコは首を振って笑った。
部屋の中に入ってソファーに座る。
「ちょっと待ってて。今飲み物持ってくるから」
私は冷蔵庫からダージリンティーを出した。
「理央、会いたかったよ２人で。今日は急にどうしたの？」
「ねえ、ナオコ。家を出るお金は貯まった？」
「もう少しかな。ババアとババアの男の顔を見なくて済むように早く出たいよ」
「そのお金、私が出してあげるよ」
「そんなの悪いよ！　ダメだよ！」
「気にしないで。私の気持ちだから」
そう、謝罪の気持ちだ。私がナオコの気持ちを弄んだことを考えれば。
「そうだ理央、シャワー……」
言いかけたナオコの言葉を私は手を出してさえぎった。
「ごめんね。私、もうできないんだ。ナオコとは」

「どうして？　私のこと嫌いになったの？」
「違うよ。ナオコのことは嫌いになってない」
「じゃあどうして？」
ナオコは困惑している。
「私、好きな人ができたの。とっても好きなの。だからもうだれとも寝ないの」
「男の人？」
「うん」
ナオコはすがるような目で私を見ていた。
「理央は私のこと切っちゃうの？」
「切らないよ！　ずっと友達だよ。もうああいうことはしないだけ」
「そんなこと言ったら私も他の奴らと同じになっちゃうじゃない!?」
「ごめんね……」
私が謝るとナオコの目に涙が浮かんできた。
「私、絶対みとめない!!　私と理央は特別なはずだよ!! それなのにトモ子や他の３人と一緒になれっていうの!? いいじゃない、今までどおりで!!」
「ごめん…」
私の目を見るとナオコは黙って部屋から出ていった。

私は１人取り残された部屋でため息をついた。
やっぱり一度洗脳した感情はかんたんに戻らない。

何回か話す時間を作らないと。
私はユウジにも同じ話をするかと思うと気がめいってきた。
私とユウジの利害関係は一致していた。
私は年相応で他人に見せられる彼氏。
そして面倒な慰謝料の回収までこなしてくれる相手を求めた。
ユウジは他人に自慢できる……
モデルをやっている私と付き合うことで虚栄心と欲望を満たしていた。
でもナオコは違う。
トモ子と同じように私が罪の井戸に叩き落としたんだから……
私の勝手な都合で関係を清算するなら、ナオコが納得するまで話さないと……
それがほんのわずかながら自分にできる償いだった。

月曜日。
学校に行くといつものようにヒナ、マキ、ミホ、トモ子がいた。
３人とトモ子は私がいないときでも仲良くできてるのだろうか？
３人にはそれとなく言ってるけど……
「理央、土曜日はどうだった？」
ヒナが聞いてきた。

「先生の家にお泊まりしたよ」
「そうなの？　それでそれで!?」
マキが身を乗りだす。
「で…ヤッちゃった？」
ミホの問いに私は首を振った。
「飲みすぎて寝ちゃった」
「ウソ〜、ありえない！」
みんな顔を見合わせて首を振った。
ホント、ありえない……
先生の話を聞いて泣いてから、パッとしようと思って無理やり先生を連れて更に別の店に行って……
私は勝手にカクテルとかオーダーして飲みすぎて…
気がついたら先生の家だった。
私はベッドで寝ていて先生はソファーで寝てた。
あーッ！　最低だッ！　しかも初めてのデートで!!
で、そのあとお風呂借りて帰ってきたんだ。
先生は駅まで送ってくれた。
その日の夜に電話して謝ったら先生笑ってた。
私のこと嫌いになってないって言ってくれて一安心した。
私はよかったけど、先生は酔っぱらい相手にエッチする気も起きなかったんだろうな……
「理央、それうけるよ」
「でも先生優しいね」
「そうそう！　ふつう酔っぱらったらヤラれるよ」

「私の知り合いもそれでマワサレたって！」
「やっぱ大人って違うねぇ」
「あたりまえだよ」
先生のことそのへんのバカ男と一緒にされたら困る。
みんなと話しながら、私は今週中には時間を作ってユウジと話そうと思った。
もともと私から言わせれば恋人でもなんでもない相手だけど、向こうは私を彼女だと思ってるし私もそうふるまってきた。
以前なら先生と付き合いながらてきとうに相手するんだけど今の私はそんなことできない。
そんなことを考えながら午前中の授業を終えた。

昼休み、ユウジに今週逢いたいとメールした。
ついでに昨日のことをフォローしようと思ってナオコを呼びに行った。
ナオコの友達をつかまえて呼んでもらおう。
「サナエ、ナオコいる？」
「理央ちゃん、ナオコ今日は休み。学校終わったら約束あったのにメールも返ってこないよ」
「そっ」
昨日の今日でムカついてるんだろう。
私はナオコにメールした。
昨日の話は切りださず、普通に心配していることを送信し

た。
そうだ！　先生にもメールしておこう！
次はどこへデート行くか。海なんていいかも！
気持ちを切り替えて私はヒナたちと合流して昼ご飯を食べた。
ユウジからの返事は明日が空いているとあった。
私としてはこうなったらサッサと話をつけたいから願ったり叶(かな)ったりだった。
ナオコのことは少しひっかかるけどモノには勢いってものがあるから一気呵成(いっきかせい)に行こう！と決めた。

ユウジと新宿で落ち合った。
大事な話があると言うと、ユウジは家に行こうと言いだした。
ユウジの家には何回か来てるけど今日で最後になるだろう。
私は先生の名前とか具体的なことは言わないで好きな人ができたから関係を終わりにしたいと言った。
そのときのユウジの顔はしばらく忘れられない。
悲しいとかそんな表情ではなく、自信というメッキがはげ落ちたような……
ユウジにとって、モデルをしているハーフの女子高生が自分の彼女ということがステータスの一つだった。
そのステータスがはがれた顔だ。
「理央マジか？　マジで恋愛なんてしてるのか？」

「うん」
「理央は恋愛とかそういう人の感情や触れ合いを突き放してて……そんなとこが俺はスゲエと思ってたけど」
「幻滅した？」
「いや、なんかちょっと安心したよ。おまえも普通の女の子なんだなって……」
意外なユウジの言葉だった。
マトモなとこもあるのかな？
でも次の一言を聞いて、やっぱコイツはこんなもんだと思った。
「最後の思い出に今日いいだろ？　俺、今日が理央と最後の日なんて知らなかったからさ。だから理央を忘れないように！」
ようは最後にヤリたいってことだ。
それも私の許可も無く抱きついてきた。
「ダメだって！　それじゃあ今までと変わらないじゃん」
優しく言って身体をひき離す。
ここでヤッて後腐れ無いならいいかなって思う。
でもそれじゃあ今までと大して変わらない。
なんとか笑顔を絶やさずに説得した。
「そっか…おまえ、変わったんだな」
「変わりたいなって思ってるよ」
「わかった。がんばれよ」
あきらめたように力無く笑ったユウジだったけど最後は励

ましてくれた。
ユウジの家を出たのは9時を少し過ぎていた。
帰りはユウジが車で送ってくれた。
家の近くに着いて私が降りようとすると、
「何か傷ついたらいつでも来いよ」
「ありがとう」
そう言うと私は車から降りた。
手を振るとユウジの車が走り去った。
傷ついたら？
先生は私を傷つけないよ。
でもこのとき私はユウジの心の声が聞こえてなかった。
以前の私なら違和感を感じていただろう。
そして違和感はユウジの本音に辿り着いただろう。
『理央、おまえはきっと傷ついて何も無くなる。そうしたら俺がもとの理央に戻してやるよ』
という心の声に…

ユウジと別れて携帯を見るとナオコからメールが来ていた。
＞心配かけてごめんなさい。
＞でも理央が心配してくれるとは思わなかった。
＞ありがとう。
学校を休んだ訳は書いてなかった。
私はアドレス帳からナオコの番号を呼びだすと電話した。
メールとかじゃなくって直接、顔を見て話そうと思ったか

ら。
『もしもし…』
「ナオコ、私」
『どうしたの理央…』
電話の向こうのナオコの声は小さい。
「どうしたのって心配じゃん」
『ごめん…』
ううん。謝るのは私のほう。
「ナオコ、これから会わない？」
『えっ』
「今から行くからちょっと顔見せてよ」
『いいの？』
「あたりまえだって」
ナオコは信じられないという口調だった。
20分くらいして、ナオコの家の側にあるマックに着いた。
店内を見渡すとナオコは先に来ていた。
「理央！」
私の姿を見つけたナオコは笑顔で立ち上がった。
私はアイスティーとポテトをオーダーしてナオコの前に座った。
「一緒に食べよう」
「うん」
ナオコは頷くとポテトを一つ手に取って食べた。
「ごめんねナオコ…」

「なんで？　どうして理央が謝るの？」
「だって学校休んでるのって私のせいでしょう？」
私が見つめるとナオコは首を振った。
「理央が悪いんじゃないよ。私の整理がつかないだけ…さっきまでどんな顔して理央に会えばいいかわかんなかったから」
私のせいにもかかわらず自分を責めるナオコを前にして胸が痛んだ。
でも私は先生が好き。
この気持ちは変わらない。
「ナオコ…私ね…」
「理央」
「ん？」
私が言いかけたとき、ナオコが私を見て言った。
「理央はその人…その男の人のことがほんとうに好きなの？」
私は無言で頷いた。
ナオコはうつむいて唇をきゅっと結んでから顔を上げた。
「そっか！　わかった」
そう言ったときのナオコは笑顔だった。
しばらく話してからマックを出た。
私は話しながらナオコを家の側まで送っていった。
「ねえ理央」
「ん？」

「もしも普通の友達になっても…そう思うには時間がかかるかもしれないけど…そうなっても私と一緒に遊びに行ったりする？」
「うん！　もちろん！」
「じゃあ買い物とかも？」
「あったりまえじゃん！　もう水着の時季だし一緒に行こうよ！」
「うん！　わかった」
返事をしたナオコの前に小指をたてて差しだした。
「指切り。きっと行こうね」
「うん」
ナオコの細い指が絡まった。
「理央、今日はありがとう！　顔見れてよかった！」
「学校で待ってるからね」
「もう少し時間はかかるかもしれないけど…整理がついたらきっと行くから」
「うん！」
手を振ってナオコが家に入っていくのを見てから帰った。
時間はかかるかもしれない。
でも私にとっては希望だった。

家に帰ってもう寝ようかというときに電話が来た。
見ると知らない番号。
シカトしてると二回、三回とかかってきた。イヤな感じが

したけど出てみた。
「はい」
『小澤理央さん？』
「だれ……？」
『以前、光輝の大学で会った…覚えてないかなぁ？　カオリっていうの』
ああ！　先生のいとこのOLだ！
「何？　私もう寝るんですけど」
『光輝のことであなたに話があるの。明日時間ある？』
先生のことで…そう聞くと行かない訳にはいかない。
「明日は３時には学校終わるけど」
『そう。じゃあ５時までに光輝の家に来て』
「先生いるの？」
『いないわ。あなたと私だけ。あと光輝にはこのこと言わないほうがいいわよ。まあ、言ったらあなたも光輝も困ると思うけど』
「どういうこと？」
『どうでもいいんだよ！　黙って来れば！』
最後はいきなり声を荒らげて電話を切った。
カオリ！　こんちくしょう！
なるほどね……
カオリは先生に気があるってとこか。
それで私と先生の仲をぶち壊したくてしかたないんでしょう？

いいよ。お望み通り決着(ケリ)をつけてやるよ。
でも先生には迷惑がかからないようにしないといけない。

次の日。
私はヒナやマキたちに、カオリと会うことは内緒にした。
学校が終わって先生の家に行く。
今週はなんだかヘビーだなぁ……
先生の家に着いた。
私は気をひきしめてドアを開けた。
「いらっしゃい」
部屋に入るとキッチンの横のテーブルにカオリが座っていた。
相変わらず売れてるモデルのマネした髪形。
「何か飲む？」
そう言うとカオリは立ち上がって冷蔵庫からお茶のペットボトルを取りだした。
「ケーキも買ってあるの」
そしてペットボトルと一緒にモンブランを出した。
「どうぞ」
にっこり笑うけどカオリの目は笑ってない。
私は椅子にかけるとお茶を口にしてケーキに手をつけた。
「話って何？」
私が聞くとカオリは笑顔で話し始めた。
「光輝はあなたに夢中みたいね」

「だから？」
「かんたんに言うとね、光輝に関わらないで欲しいの」
「どうして？」
「あなたは他にも彼氏とかいるでしょ？ それだけキレイなんだから」
コイツ何か知ってる？
「あなたに関係無いと思うけど」
私はカオリの顔をわざと見ないでモンブランを食べた。
「関係あるわ。私にとって光輝は大切な人なの」
「好きなの？」
私はカオリの顔を見た。
「ええ」
「あんたいとこじゃん」
「関係無いわ。そんなの。私たちはそんなくだらないことにはしばられないわ」
カオリはケーキにもお茶にも手をつけてない。
「先生と付き合ってたの？」
「ええ。私たちは付き合ってたわ」
「へぇー、先生優しいからね。どうせあんたがしつこくするから同情したんだよ」
「うるさい！」
カオリの顔が変わった。
笑顔から怒りの表情に。
図星だったんだ。

「光輝にちょっかい出さないで！」
「それは無理。私、先生を好きなの」
カオリがバッグから写真を一枚出した。
私と先生が部屋から出てくるところ。
コイツつけまわしてたのか？　私を。
「未成年に対する淫行罪よね」
「それをどうするの？」
「あなたの学校に送ろうかな。校長宛てにして」
カオリの笑顔がカチンときた。
「送れば？　退学になろうが別にいいよ」
「強がりね」
「全然。学校行かなければ奥さんになるから。先生の」
「そんなことさせない！」
カオリの目がつり上がった。
「光輝が本とか出して有名なのは知ってるでしょ？　出すとこ出せば光輝も大変なことになるかもね」
こいつは野放しにできない……!!
私は立ち上がってキッチンから果物ナイフを持ってきた。
「殺してやる!!」
カオリの顔がひきつった。
「私はいいけど先生を困らせる奴は殺す！　絶対に許さない！」
私はカオリを睨みつけた。
そしてカオリの前にナイフを置いた。

「私は先生が好き！　だからなんだってできる。先生がいなければ私は独りになっちゃう……だから一緒にいられるならなんでもする！」
カオリは黙ったまま。私は続けた。
「あなたは？　あなたは私を殺せる？　私がいるかぎり先生はあなたのものにならないよ！」
やっとカオリが口を開いた。
「バカじゃないの！」
「別にやりたきゃやりなよ。チャンスだよ」
「人なんて殺したら……」
「あなたがやらないなら私がやる。邪魔する奴は殺す！」
私の気迫に押されたカオリはナイフを手にした。目はおびえてる。
「ここで私を刺さないと、あとで私に何されるかわからないからね」
カオリの手に震えが見える。
私は一歩前に出た。
「さあ！　キッチリ殺ってみなよ！」
カオリはその場にへたり込んだ。
カオリの気力がなえた瞬間だ。
私は勝った。
もうこいつは私を刺すなんて無理だし邪魔もできないだろう。
以前の私なら許さないとこだけど少しかわいそうな気がし

た。
カオリも先生のことが好きなんだ。

「カオリさん」
私が呼ぶとカオリはおびえた目を向けた。
「カオリさんが先生のことほんとに好きなのはわかったよ……だから先生が困ることなんてできないよね？　ホントは」
そう言いながら私はカオリの手からナイフを取るとテーブルに戻した。
カオリは無言で椅子に座った。
「でもごめんなさい。私も好きなの。先生のこと」
私は本心からごめんなさいと思って頭を下げた。
「あなた、どれだけ想ってるの？　光輝のこと」
「死んでもいいくらい！」
質問に笑顔で答えると、カオリも笑って言った。
「バカじゃないの。恋愛で死ぬとか生きるとか……子供は……」
そして続けた。
「でもほんとうに私が刺したらどうする気だったの？　ほんとうに死んだら……」
「そのときは……あっさり死ぬだけ。先生と逢えなくなるかもしれないときにそんなこと考えてられなかったから」
「すごいのね。あなたって……」

「別にすごくなんて…」
「それに強いわ」
カオリが私を眩しそうに見た。
「強いんじゃないよ……一生懸命なだけ」
「私は…あなたみたいにはなれない…うらやましいわ」
「私、帰るね。先生帰ってくるとビックリするし、今日のことは言いたくないから。心配かけたくないの」
私はモンブランをカオリのほうによせた。
「あげる！」
「あなたなら光輝のこと……いいかも」
「ありがとう！」
最初はムカついたけど、カオリもよく見ると優しい顔をしてて美人かも。
「じゃねっ！」
私は手を振るとカオリを残して先生の部屋をあとにした。
外に出るとすっかり夕方になっていた。
駅まで赤い夕陽(ゆうひ)を見ながら歩いた。
　１日の終わりを告げる夕陽が、私には自分をやり直す始まりを告げる朝日に見えた。

第十二話　友達の死んだ日

翌日学校に行くと、私はカオリとの一件をみんなに話した。
「理央よく生きてたね！」
「ホント、危ないよそれ」
冷静になると私もそう思う。
カオリがブチ切れて私を刺すということだって充分ありえた。
でもあのときは夢中だった。
私と先生の未来のために。
私たちの恋愛はこれからどうなっていくんだろう？
でも先生の年齢を考えたら結婚とかもありうるだろうし…
そしたら子供とかできちゃったりして…!?
「マキはタカシと結婚とかする？」
「えっ!?　ないない！　ありえないよ」
マキはおおげさに手を振って否定した。
「そうなの？」
「だって私は高校生でタカシは大学生だよ。まだまだでしょ」
「そう」
「理央もしかして考えてるの？　結婚」
「うん」

「そうだよね、先生の歳考えたらそうなるよね」
ミホが訳知り顔で言った。
「いいなぁ理央は。なんか純愛っていうか…」
ヒナがうらやましそうに言った。
「そうだ！　今朝トモ子がよその学校の男に声かけられてんの！」
「そうなの？」
私がトモ子の顔を見ると少し照れたように頷いた。
「それが割とイケてんだよね。ねっ！」
ミホに振られてトモ子は顔を赤くした。
私が言うのもなんだけどトモ子は最近可愛くなったと思う。
可愛さが馴染(なじ)んできたっていうのかな。
「よかったね。トモ子」
「ありがとう！　理央ちゃん」
始業を知らせるチャイムが鳴った。
「じゃあ、あとで！」
みんな私の机から離れて席に戻ったり自分の教室に帰っていった。

なんだか順調にいってる。
ナオコも早く学校に来てくれればみんなで仲良くできる。
私は昼休みにまたナオコにメールした。
すぐに返事が来た。
＞明日学校に行くから。

＞もう心配しないで。
よかった！　これでみんな上手くいった！
「今日は屋上で食べよう」
私の提案でみんな屋上に上がった。
5月も終わりで晴れわたって風が気持ちいい。
トモ子は今朝の男とアドレス交換して放課後逢うらしい。
みんなで他愛も無い話をして…その日のお昼は楽しかった。

放課後はバイトの撮影のために原宿のスタジオへ。
明治通り沿いのビルにあるスタジオに入ると、事務所の人から今日のスケジュールの説明を受ける。
今月号は夏服の特集の撮影と街頭ポスターの撮影。
そして来週末にホテルのプールを使っての水着特集の撮影。
スケジュールの書かれた用紙をもらってメイク室に入った。
試験で休んでたから久し振りの撮影だった。
撮影が終わると、モデルの仲間と別れて1人で原宿駅へ歩きだした。
場所的には渋谷よりだけど、人がいっぱいいるところを歩きたくはなかった。
うざいスカウトもこっちのほうが少ないし。
今までならユウジを呼んで車で送ってもらったりしてたけど、そういう訳にもいかない。
ラフォーレの交差点を渡ってから表参道を駅に向かって歩いていると夜風が気持ちいい。

家に着いたら先生に電話しよう。
来週の土曜日はバイトだから、終わってからか日曜日には逢いたいな…

今日は朝から雨が降っていてウザイ。
セットした髪もくずれてきて最悪だ。
でも天気予報では昼からは晴れるようなことを言っていた。
学校に着くと私はナオコのクラスに向かった。
昨日のメールでは今日学校に来るって言ってたから。
だけどナオコはまだ来ていなかった。
始業にはまだ時間があるけど何かひっかかった。
まぁ朝一から出席するとは限らないし…
昼休みになる頃には雨も上がり、気持ちのいい青空が広がっていた。
そしてみんなでお昼を食べているとナオコが教室にふらっと現れた。
「ナオコ！」
私は嬉しかった。
これでみんなで仲良くできると思った。
私が呼びかけるとナオコは笑顔を返してきた。
「ナオコじゃん！」
「どうしたの？　休んでたんだって？」
ヒナとミホが話しかけた。
トモ子だけ少しおびえてる。

無理も無い。
この前までナオコにいじめられていたんだから。
それも私の命令だったんだけど…
「トモ子、大丈夫だよ！」
私はトモ子の肩を叩いて言った。
そのときナオコがカバンから果物ナイフを取りだした。
ナイフにはどす黒い血がこびり付いている。
私たちは目の前のことが理解できず凍り付いた。
クラスの子たちは誰も気がついてない。
「私、聞いたよ。理央が私から離れたのは、あんたたちがいらないことを吹き込んでるからだって！」
ナオコはゆっくり近付いてきた。
「ナオコ、何言ってんの？　そんなこと無いよ！」
私はナオコをまっすぐ見据えて言った。
「大丈夫。今、理央におかしなことを言う奴を掃除してあげるから」
そう言ったナオコの顔は笑顔から一変して怒りに満ちた形相になった。
そのまま一番近くにいたマキに切り付けた。
「キャー!!」
マキがよけようとして転んだことが幸いして、ナオコのナイフは空を切った。
「ナオコ！　やめな！」
私が怒鳴ってもナオコはやめない。

マキが上手くよけたことが余計に苛立たせた。
クラスの子たちも異常事態に気がつき、教室はパニックになった。
ナオコは私の横で震えてるトモ子に目をつけると切りかかってきた。
私はとっさにトモ子を抱きかかえる形で2人の間に割って入った。
ナイフは私の肩から背中にかけて振り降ろされた。
切られたというより叩かれた感じだ。
誰のかはわからないけどナイフに付いた血糊と、ブレザーを着ていたおかげで私の体にナイフが達することは無かった。
ブレザーが裂けただけだった。

「なんで……!?」
ナオコは信じられないといった顔でナイフを落とした。
そして悲鳴を上げると教室から走りでた。
私はトモ子が無事なのを確認するとナオコを追った。
ナオコは屋上に向かって階段をかけ上がっていった。
私は最悪なことにならないようになんとかしないと！と思った。

屋上に出るとナオコはまさにフェンスを乗り越えようとしていた。

「ナオコ‼」
私の声に一瞬振り向いたが、ナオコはフェンスを越えて屋根の部分に出た。
まだフェンスに手がかかっている。
「ナオコ！　ダメだよ！　こっちに来て！」
私は叫びながら走りよった。
「理央！　私もうダメだよ！」
ナオコは泣き叫んだ。
「何が!?」
「私、もう家には帰れない！」
「どうしたの？　でも家を出たがってたんだし……」
「無理！　私、殺したの！　ババア……お母さんを」
ナオコの告白に愕然とした。
「えぇ!?　どうして？」
「私ね、お母さんの男にヤラれたんだよ！　レイプされたの！　何度も、何度も！」
「いつから？　いつからそんな……」
私はあとの言葉が出なかった。ナオコが男性不信なのはそれが原因だったんだ……
「お母さんが知ったのは一昨日(おととい)…男にヤラれたのは理央と出会う少し前……」
「ナオコ……」
「お母さんには言えなかった…いくら男連れ込んでてもお母さんだし……子持ちだからって昔フラれたの知ってたし、

私が出ていけばお母さんも私も上手くいくって思ってた……」
「お母さんはなんて!?　それ知ったのはどうして!?」
「男が別れ際に……若いのと年増(としま)を楽しめたのに私が家に帰らなくなったから興味が失(う)せたって」
ナオコは涙を流しながら続けた。
「そしたらお母さんは…男にフラれたのは私のせいだって……私が誘惑したんだろうって！　散々言われたよ……それで頭にきて……気がついたら殺っちゃってた」
「そんな……」
私は言葉がすぐに出てこなかった……
ナオコもまた、いつかの私のように深い絶望を味わっていた……
「なんだか私、これじゃあなんのために生まれてきたのかわからないよね？　間違って生まれたんだよ！」
「バカじゃないの！　間違って生まれてくるやつなんていないよ！　ナオコは間違って生まれてきたんじゃないよ！」
泣きじゃくるナオコに私は必死で声をかけた。
「理央ありがとう！　優しいね…私、知ってたよ」
「何を？」
「財布が無くなったとき、理央たちが私のカバンに入れたの」
私は声が出なかった。

ナオコの一言は私の思考を止めた。
「大分前にヒナたちが話してるの聞いちゃったの…」
「じゃあどうして私を…」
「家であんなことあって、居場所無くて…理央に憧れてたの、私。だから友達になれたときは嬉しかった。だって私はそれまで友達らしい友達いなかったから…」
「ナオコ…ごめんなさい、ごめんなさい…」
涙が出てきた。
ナオコは全部知っていた。

「理央のこと恨んでないよ。家でも学校でも必要とされなかった私が、憧れてた理央に必要とされた…きっかけなんて、理由なんてどうでもいい。好きな人といれたから…」
屋上にトモ子たちが集まってきた。
他の生徒もいる。
ナオコはそれに気がつくと、
「大丈夫。理央たちのことはだれにも話してないし遺書も無いから」
そう言ってその話題を打ち切った。
「理央、人間って死んだらどうなるのかなぁ？　天国や地獄ってあるのかなぁ？　怖いよ…私…」
「死なないよ！　ナオコは死なない！　私と一緒にいよう！」
ナオコは泣きながら首を振ってあとずさりした。

「ナオコ、どこ行くの？　そっちにだれもいないよ！　こっちでしょう!!　ナオコのいる場所はこっちだよ!!」

風がさっきより強く感じた。
これじゃあナオコが落ちちゃう！
私はフェンスに乗りだして手を伸ばした。
後ろからトモ子たちが私たちの名前を呼んでいる。
「ほら、みんな呼んでるよ！　一緒に行こう！」
ナオコの手が伸びてきた。
もう少しでつかめる。
「約束したじゃん！　２人で遊びに行くって！　買い物だって——まだまだ楽しいこといっぱいあるんだよ！　今死んだら辛くて悲しかったってことしか残らないんだよ！」
私は懸命に手を伸ばしながら叫んだ。
「私…一緒にいるから。ずっと一緒にいるから」
ナオコの手が私の手に触れそうになった——
そのとき……ナオコの手が止まった。

「ごめんなさい、やっぱ私、理央の邪魔しちゃうから……
今までありがとう！　大好きだったよ」
そう言うとナオコの姿が私の視界から消えた。
下のほうからナオコが地面に叩き付けられた音が聞こえた。
「ナオコ!!」
叫んだ私が更にフェンスから乗りだそうとしたとき、ヒナ、

マキ、ミホ、トモ子が私を取り押さえた。
「理央ちゃん！」
「危ない理央！」
みんなにつかまれて私はフェンスの中にひき戻された。
体の震えが止まらなかった。
そのままへたり込んでしまい言葉にならない。

声を出して泣き崩れた。
他の４人も泣いていた。

ナオコは全部知っていた。

それでも私を受け入れてくれていた。

私は自分に好きな人ができたからって勝手な都合でナオコの気持ちを考えなかった。

もっと他に話し方があったかもしれないのに…

ナオコは最初から最後まで私を想ってくれていたのに…

私はナオコを殺してしまった。

第十三話　嘆きの告白

　懺悔　理央side

あのとき私はただただ泣くだけだった。

やがて救急車のサイレンの音が聞こえてきた。

私は思い立ったように屋上から裏庭へ走りだした。
４人もついてくる。

ナオコの周りを囲む人だかりを割って入った。
学校の先生が必死に止めてもヤジウマはあとからあとから湧いてくる。
目の前に地面に横たわったナオコがいた。
飛び降りるとき、ナオコは私に「ありがとう」と微笑んだ。
「ナオコ…」
後ろから来た学校の先生と救急隊に突き飛ばされるかたちになり転んだ。
私に手をかして起き上がらせたのはミホだったか、ヒナだったか、覚えてない。
学校は大騒ぎになった。

警察が来たりTVも来たりで、教頭からはインタビューなどには絶対に答えないように全校集会で話があった。
ナオコの家からはお母さんの死体が発見された。
TVでも時間を追って放送された。
私たちも警察から事情聴取を受けた。
ナオコがトモ子をいじめてて私たちが注意したことが学校で暴れた理由になっていた。
ヒナたちから絶対に私たちが仕組んだことは秘密にしようと言われた。
バレたら退学なんてものでは済まない。
私はどうでもよかった。
警察でもナオコを思い出して泣くだけで話にならなかった。
結局、みんなを守るためを理由に私は本当のことを話さなかった。
私はズルかった。

ナオコは私に捨てられたと思った。
そこに駄目押しでお母さんとのことが起きた。
以前なら、たとえお母さんとのことがあっても私との関係がナオコの支えになったはずだ。

私があんなことを言ったから…

ナオコを殺したのはやっぱり私だ。

長い１日が終わって私は家に帰った。
ナオコのことを思い出して泣きながら、先生のことを思い出していた。
悲しくて悲しくて、一緒にいて欲しかった。
パパとママも心配して声をかけてきた。
ママは私の裂けたブレザーを見て顔を真っ青にした。
２人の言葉に私はバカみたいに、
「大丈夫」「心配しないで」
と笑顔で繰り返すだけだった。

部屋に入ると携帯の電源が入っていないことに気がついた。
電源を入れると留守電が７件。
メールが３件。
留守電の２件は家。
残りは全部先生からだった。
私はストラップを握りしめると制服のまま家を飛びだした。
大通りまで走るとタクシーを拾った。
行き先は先生の家だった。
運転手に行き先を告げると先生に電話した。
「私、理央！」
『ニュースで観たよ！　大丈夫か？』
私は先生の質問には答えず、

「今から逢いたいの。家に行っていい？」
『あ、ああ。かまわないけど今は出先なんだ。出版社の人と打ち合わせしててね。もう終わるけど』
「よかった。今、タクシーで向かってるとこ」
『えっ？　それじゃあ君のほうが早く着くよ』
「大丈夫。待ってるから」
そう言って電話を切った。

外を見ると窓に水滴が付いている。
雨が降ってきたんだ…

私は決意した。
今まで先生に知られたくなかったことを話そうと…

私がどれだけ卑劣で、悪く、汚い人間かということを…

君を愛している　光輝side

僕は理央の学校での事件を知り、彼女に連絡をした。
だがつながらず、やっと連絡がついたと思ったら家に来るという。
一方的に「待ってるから」と言って切った電話に不安を覚えた。

僕は今度出す本について出版社と打ち合わせをしていたが、気が気でなかった。
理央の身にも学校で何かあったのだろうか？
出版社を出ると雨が降ってきた。
僕は家に急いだ。

電話をして合鍵の場所を教えて部屋の中で待つように伝えた。
最寄り駅からタクシーに乗った。
雨はだんだん強くなる。
家の前に着くと僕はお釣りを受け取るのも忘れて降りた。
「先生！」
ドアを開けると、すがるような顔をした理央がいた。
よく見ると髪も服も少し濡れていた。
「大丈夫か!?」
僕はかけよってきた理央の肩を抱いた。
「先生……私……私…」
理央は泣いていたのか？
声がうわずっている。
そして僕の顔が映ったその瞳には涙が溜まってきた。
「どうしたんだ……？　何があったんだ？」
僕は理央を抱きよせると部屋に入った。
タオルで髪と服をふいてから椅子に座らせると少し落ち着いてきたようだった。

「ごめんなさい……迷惑だよね」
申し訳なさそうに言う理央の様子は痛々しかった。
「飲み物、紅茶でいいかな？ 温かいほうがいいだろう？」
「うん」
「あと、これ」
僕は冷蔵庫からチーズバーを出した。
「それ、私の好きなやつ」
理央はようやく少し笑った。
「君が最初に差し入れてくれたときから美味しくね。はまっちゃったよ」
「ふふっ、そうなんだ…いただきます」
少しの間、沈黙が流れた。
「先生、私ね…ほんとは先生のこと好きになる資格なんて無いんだよ」
理央はうつむいたまま話しだした。
「どうしてそう思う？」
「人を殺したやつが死刑になるように…悪いことをしたら…したやつが自分はもう幸せになりたいとか、好きな人ができて"真面目になりました。もう悪いことはしません"って言ってもチャラって訳にはいかないよね…」
「学校で何かあったのか？」
「ニュースのとおりだよ」
「ニュースでは女子生徒が屋上から飛び降りたって…友達だったのか？」

「うん。大切な」
「それは…ショックだったろう…」
「私が殺したの。私ね、人殺しなんだよ」

顔を上げた理央の瞳からは涙が溢れていた。
それでも理央は話し始めた。
自分の過去を。

以前話した14歳のときに起こったある事件…
それは恋人に裏切られレイプされて妊娠したことだった。
その子供をおろしたと。
「私ね、赤ちゃんを殺したの！　赤ちゃんは悪くないのに！　パパとママに言われて殺したの！」
僕は言葉をはさまなかった。
「それから毎晩のように赤ちゃんの夢を見て…パパとママは私を軽蔑した…私はそう感じたの。学校の友達も白い目で私を見たわ…なんだか世界中に私の居場所は無いって感じで…悲しくて泣くたびに大事なものがボロボロ落ちていったの…」
理央は静かに続けた。
「大事なものが無くなったとき…ううん…自分で捨てたのかな？　そうしたらやっと居場所ができた気がしたの」

理央はそこまで言うと力無く笑った。

そこからの理央の話は僕の想像を超えていた。
彼女に芽生えた価値観。
人を利用しての恋人への仕返し。
援助交際…パトロン…いじめ…理央は泣きながら全て話した。
ナオコという子にしたこと。
そのナオコを使ってトモ子にしたこと。
ユウジを使った集金。
今日、学校で起きたことの一部始終。

「私、ほんとうは先生には話したくなかった…バレたら嫌われちゃうから…」
僕は理央がそんなふうに考えていたとは気がつかなかった。
「先生のこと大好き！…だから先生の前ではイイ子のままでいたかった！ でもダメ…これが私なの！ ほんとうの私！ 悪いこといっぱいしたんだよ！ 赤ちゃんもナオコも…２人も殺した人殺しなの！」
理央は両手で顔を覆い肩を震わせた。
僕は理央の両手をつかんだ。
「違う！…違うよ。君は人殺しでもなければ君が言うような悪い人間でもない！」
「でも私は！」
「聞くんだ！」
僕が大きな声で言うと理央は驚いたのか、はっとしたよう

に黙った。
僕は自分の手で理央の両手を包むように握ってまっすぐ見た。
「人はだれでも君のように思う…だれでも人から恐怖や苦痛を与えられるより与える側にまわろうとする。奪われるより奪う側にまわろうとする。君が特別な訳じゃないんだ」
「そんなこと…」
「ただ、それはときとしてとても残忍なことをひき起こしてしまう…でも君は自覚して後悔してるじゃないか」
「でも…」
「そうだ。それで正当化されるなんて僕も思わない」
「うん…」
「だけど君はそのあと、そんな自分をやり直そうとしただろう?」
「だけど…」
「友達に援助交際をやめさせた…トモ子という子が襲われたとき、君は自分が傷つくのを覚悟でかばった」
理央は黙って聞いている。
「それどころか必死にナオコという子を助けようとしたじゃないか」

「先生、泣いてるの?」
理央に言われて気がついた。

いつの間にか僕は泣いていた。
「君が……かわいそうで……」
今、目の前にいる理央の悲しみ、14歳のときの理央の痛みを想像したとき、僕の心が揺り動かされた。
僕は泣いた…
母が死んでも泣かなかった僕が、目の前にいる彼女のために涙が止まらなかった。

「君がかわいそうだから僕も悲しいんだ」
「それ……」
「君の言ったことだよ。愛する２人はそういうものだって……僕は……君を愛している！」
「先生……」
「それに悪いことをしていた君がほんとうの君なら、今こうして友達の死を悼み、過去を悔いて涙しているのもほんとうの君だ」
「うん…」
「大切なのは今の君はどっち側で、これからどうしていくのか？ということなんだ」
「私は…もう以前のようにはなりたくないし、もうならない」
そう言った理央の瞳には力強さがあった。
まっすぐ、ブレずに現在と未来を見つめている。

「だれが君を傷つけようとしても僕がいる。僕が君を守る…ずっと一緒だ」
言いかけたとき、理央が立ち上がって僕の側に来た。
「先生、ありがとう。先生のおかげで私、ほんとうの自分を好きになれるよ…先生はほんとうの私はどう？」
「僕は…初めて逢ったときから君に惹かれたんだ。そして逢うたびに…君が天使のように綺麗で優しいから…」
「ここにいるのが先生が好きになってくれた私…もっと側に来て…」
僕は椅子から立つと理央に歩みよった。
「ほんとうの私をいつも感じていて…」
僕が歩みよると理央は僕の胸に顔をうずめた。
僕は理央を強く抱きしめた。
理央の温(ぬく)もりを感じた。

僕たちはお互いの心に空いた穴を埋めるように抱き合った。
そして僕は生まれて初めて誰かを愛しているという気持ちを実感した。
僕たちはそのまま抱き合うように眠った。
いつまでも温もりを感じていられるように…

このあと、僕たちにどんな現実が訪れようと…
死によって２人がひき裂かれたとしても…
僕は理央を変わらず愛し続ける。

君が傷つき救いを求めるなら、僕の残りの時間を全て君のために使いたい。

君は僕の人生で唯一の輝きなのだから。

第十四話　死にたくない

恋人たちの朝（一）　理央side

窓から差し込む光で目を覚ました。
私が起きると先生はまだ横で寝息をたててた。
起こさないようにそっとベッドから抜けでると、シャツをはおってシャワーを浴びに行った。

先生の机の上に写真がある。
キレイな人…お母さんかな？
写真の人は優しく微笑んでた。
シャワーを浴びるたびに私は生まれ変わる気がしてた。
でも今日はホントに生まれ変わったように気持ちがいい。
昨日、先生は私を救おうと一生懸命に話してくれた。
そしてずっと一緒だって言った…
私は涙を流して微笑んでくれた先生の気持ちに応えないと。
ほんとうの私を見失わないように、私らしく生きていかないと。
シャワーから出ると先生が起きてた。
バスタオル一枚で下着を取りに来た私を見ると何かを飲んでた先生はむせて咳き込んだ。

「おい、なんて格好で歩いてんだよ。服乾いてるだろ。持っていかなかったのか？」
「だって寝てると思ったし」
「それでもだよ」
先生は横を向いたまま。
「でも私たちって恋人同士でしょう？」
「そういう問題じゃないよ」
「は～い。ごめんなさい」
私は間の抜けた返事をすると、下着とブラウスを持って洗面台のほうにひっ込んだ。
服を着ているとスカートが放られてきた。
そこまで照れられるとこっちまで恥ずかしくなっちゃう。
でも先生のそんなとこが可愛く感じた。
「今、7時だけど学校は？」
「カバン持ってきたからこのまま行くよ」
「そう」
「先生、その机の写真の人、お母さん？」
「そうだけど」
「キレイな人だね。先生お母さん似だね！」
「そうかい？」
「うん！　目元とか…お父さんの写真は無いの？」
先生からの返事が途切れた。
まずい！　先生のお父さんは…
「父の写真は母が全部捨てたよ」

「ごめんなさい…」
「いいんだ。大丈夫だから」
無神経なこと聞いちゃった…
「君はお父さんお母さん、どっちに似てるの？」
「ママかな。私に似て美人だよ」
「逆だろう？」
「まぁまぁ今度見せるよ」
「そうだね。僕も見てみたい」

着替え終わると２人で家を出た。
２人で並んで歩いていると、今日の太陽を見ることができてよかったと思う。
私１人だったらホントにヤバかったかも。
「元気になったみたいだね」
「まだ半分は空元気だけど」
「空元気でも無いよりいいよ」
「そうだね！」
先生の気遣いが嬉しかった。
「来週の土曜日、先生空いてる？」
「ああ」
「土曜日さぁ、バイトがあるんだけど、そのあと逢わない？　たぶん昼には終わるから！」
「いいよ。どこか行きたいところある？」
「海！」

「海？　海かぁ…晴れるといいね」
「うん！　私、お弁当作っていく」
「お弁当作ってもらうなんて初めてだよ」
「ほんとに⁉　じゃあ頑張っちゃお！」
「楽しみにしてるよ」
「じゃあ行ってきます！」

恋人たちの朝（二）　光輝side

改札で別れると理央は人混みに消えた。
このラッシュでは電車から得意の投げキッスをするのも無理だろう…と思ってホームにいると、向かいの電車の中の人混みをかきわけて理央がドア側に現れた。
僕と目が合うとキスの仕草だけした。
僕は一瞬迷ったが投げキッスを返した。
理央が微笑んだ。
僕は電車が見えなくなるまで見送った。

僕は理央と出逢ってから感情が戻ってくるにつれ、恐れていたことがあった。
死ぬことへの恐怖を感じることだった。
いや、死ぬことより理央と離れてしまうことを恐れていた。
死ぬことがそのまま理央との別れにつながる。

理央と出逢わなければ、また違った受け止め方もあったのだろうが…
ただ、今まで人間は意味無く生まれてきて意味無く死ぬと思っていた。

しかし今は意味がある。
理央が僕の生きる意味になった。
理央の想いが、真っ暗な絶望に呑み込まれそうな僕を救っていた。

友情　理央side

学校に行くと昨日の影響でいつもよりもザワついていた。
「理央！」
ヒナたちが私の机の前で待っていた。
「おはよう」
「理央、おはようじゃないよ。でもよかった…」
「何が？」
「私たち、理央が来ないんじゃないかって心配したんだよ！」
「そっか。ゴメンね」
「理央がいないと心細くて…」

「あれ？　トモ子は？」
「トイレ。それより大丈夫かなぁ？　私たち…」
「大丈夫。全部私のせいだから。みんなは私が言ったことをしただけ」
私が席に着くとマキが強い口調で言った。
「そんなことないよ！　私たちだってイヤならやらなきゃよかったんだから」
ヒナも続く。
「理央1人のせいにはできないよ」
この子たちはほんとうに友達だと思ってくれてた。
私はただ私に合わせてればおいしい思いができるから一緒にいるだけだと思ってた。つくづくバカだと思った。
この子たちの気持ちに気がつかないなんて。
「理央ちゃん…」
トモ子がトイレから帰ってきた。
「理央ちゃん、昨日はありがとう。私のことかばってくれて」
「そうだトモ子。ナオコのこと悪く思わないでね。ナオコはかわいそうだったの。ほんとうに」
私はナオコが話したお母さんとのことを4人に話した。
ベラベラ話していいことじゃないのはわかってる。
ただナオコのことを4人にだけはわかって欲しかったから。
みんな悲しそうな顔になった。
「ナオコちゃん、かわいそう…」

トモ子が涙を浮かべた。私はトモ子にも話さないといけない。あのことを…
「それからね、ナオコはトモ子のことを嫌いでいじめてたんじゃないの…私に命令されてやってたの」
マキ、ヒナ、ミホの顔がひきつった。
「何言ってるの？　理央ちゃん…」
トモ子は意味がわからないといった顔をしている。
私は全部話した。
いきなりトモ子は私の頬を叩いた。
「ひどい！　なんでそんなことができるの!?」
トモ子の目から涙がこぼれた。
「理央ちゃんは悪魔だよ!!」
トモ子は私を睨むと自分の席に戻っていった。

始業のチャイムが鳴る。
「理央、なんでトモ子に今バクロすんの!?」
「そうだよ！」
「トモ子と一緒にいるなら話さないと。ずっと隠してる訳にはいかないよ。ホントの友達として向き合うなら」
「わかるけど、でもナオコみたいになったら…」
「私がさせない！　絶対に」
私が言いきると、3人はあとでまた話そうと言って教室に戻った。
後ろを振り返るとトモ子が私を見てた。

私と目が合うとトモ子は目をそらしてうつむいた。

昼休みになると、私は１人で座ってるトモ子の横に行った。
「お昼食べよう」
私が言うとトモ子は信じられないといった顔で私を見た。
「何を言ってるの？　よく言えるね！」
そう言うと黙って席を立ち教室をあとにした。私は黙ってトモ子についていった。
「ついてこないでよ！」
「そういう訳にはいかないよ」
「なんで？　もう私に用無いでしょ！　それともまた何か企(たくら)んでるの!?」
「ナオコみたいにならないか心配なだけ」
「ほっといてよ！」
トモ子は食堂に行かず裏庭に走りだした。
私はあとを追って走った。
トモ子は立ち止まると、
「なんなのよ？　私にもう利用価値無いよ！　あんたの言うことなんて聞かないから！」
「利用しようなんて思ってない」
「しようとしていじめさせたんでしょ…」
「ごめんなさい…」
私はトモ子に謝った。
「友達だと思ってたのに…そうとも知らず、冗談じゃない

よ！」
「一生恨まれてもしょうがないよ。ただ自殺とかしないで。お願いだから生きてて。それだけ言いたかったの…ナオコは私が殺したんだから…」
そう言って立ち去ろうとしたらトモ子が怒った。
「バッカじゃない！　そういうの自意識過剰っていうんだよ！」
私はトモ子の剣幕に驚いた。
「ナオコちゃんが死んだのはお母さんとのことと、お母さんを殺したことへの後悔からだよ！」
いつの間にか遠巻きにヒナたちがいた。
トモ子のいきおいは止まらない。
「それにねぇ、学校であんなことしたのは、だれかが変なこと言ったからだよ。私たちが理央ちゃんにナオコちゃんの悪口言ってるって！」

そう言えばナオコがそんなこと言ってた。
今までナオコが死んだということで頭がいっぱいで大して考えてなかった。
私たちとナオコの関係を知ってるのは限られてる。
私とヒナ、マキ、ミホ…あとはユウジが知ってる。
ヒナたちがそんなことする訳ない。
でも、ユウジならナオコはあの場で名前を言ってたはずだ。
それとも全く別の誰かがいるのか…？

私が思考をめぐらせているとトモ子がまた話しだした。

「私は自殺なんてしないよ！　だいたいなんで今更ホントのこと言うの!?」
「ホントのこと言わなきゃトモ子とまっすぐ向き合って付き合えない」
「あのねぇ、なんでもホントのこと言えばいいってもんじゃないよ！　以前の理央ちゃんなら絶対に言わなかった」
「もう以前の自分には戻りたくないの」
トモ子はため息をついた。
「私、授業中にずっと考えてたの。どうして援交やめても私を仲間にしてたの？　意味無いのに」
「それは…いつの間にか私の中でトモ子は友達になってたから…」
「どうして私をかばってナオコちゃんに切られたの？」
「わからない。とっさに前に出ちゃった…」
「私の前の友達は私がいじめられてるのを助けてもくれなかった。でも理央ちゃんは利用価値の無い私を身をもってかばってくれた…」
トモ子がじっと私を見て続けた。
「私、理央ちゃんにウソも含めて二回も助けてもらったんだよ…だから決めてたの。いつか私が理央ちゃんを助けようって……今しか無いね」
「えっ？」

「だから、友達だよ。今まで通り！　またみんなで遊びに行こう。やっぱり楽しいから！」
「トモ子…トモ子ありがとう！」
ほんとうによかった。
トモ子を失わずに済んで。
そのとき携帯が鳴った。
見ると登録してないアドレスだった。
ヒナたちがよってきてトモ子に謝ってる。
みんなよかったんだ。
メールを見ると私は一瞬ゾッとした。
メールにはこう書かれてた。

＞人殺し

と、たった一言。

あのメールはこたえた…
私は心当たりを考えたけど思い付かない。
ナオコと私たちのことを知ってる人間はユウジ以外みんな裏庭にいた。
アドレスはサブアドだから、たとえユウジに問いつめてもしらばっくれるだろう。
誰かが私を憎んでいる。
それも激しく…

メールは毎日来た。
返信しても答えは返ってこない。
このメールの送り主がナオコに変なことを吹き込んだ張本人だと私は直感した。絶対に許さない！
必ず誰か突き止めてやる！！

平日はみんなと変わらず過ごした。
ナオコのお通夜には学校からは担任と教頭と私たち、ナオコの友達しかいなかった。
小雨の中、私はナオコのことをずっと思い出していた。

土曜日。
今日は朝一から撮影で、終われば先生と海だ！
散々迷ってPUCCI(プッチ)のワンピにお揃いのスカーフで髪をアップにした。
海だからサンダルは…VUITTONのミュールにしよ！
お弁当と水着。
まだ６月だけど、暑かったら海に入るかも！

幸福の只中で… 光輝side

理央と待ち合わせした時間は1時だった。
場所は品川駅(しながわ)の京浜急行(けいひんきゅうこう)改札口。
約束の時間に着くとすでに理央は待っていた。
「はい!!」
僕に気がつくと手を上げた。
なんともカラフルな柄のワンピースだ…
「ごめん、また待たせたかな？」
「全然。撮影早く終わったから」
「だったらけっこう待ったんじゃないか？」
「40分くらい」
「電話くれればよかったのに…」
「せかしちゃ悪いじゃない。それに先生が来るのを待つのはイヤじゃないし」
理央の笑顔はいつからか僕に安心を与えてくれていた。
それにしても…
彼女の横に立つといつもひけ目を感じる。
どう見てもつり合ってないように思える。とくに服装が…
「先生、今日は黒じゃないんだね。でも素敵！」
「そうかなぁ、なんだか野暮(やぼ)ったいよ」
白いヘンリーネックにチノパン。
海と聞いて散々迷ったあげくに選んだ服がこれだった。
しかし改めて見ると近所のコンビニにでも行くような格好

だ…
目的地の茅ヶ崎までは1時間もかからずに着いた。
海までは駅から歩いて15分ほどだった。
海が側にある町特有の雰囲気がある。
住宅街を抜けた大通りの向こうが海だ。

「キャーッ！　キレイ!!」
理央が嬉しそうにはしゃいだ。
目の前には太陽を反射させた輝かしい海が広がっていた。
僕たちは砂浜に下りる階段に座って遅い昼食をとった。
「先生が好きだって言ってた卵焼きとウインナー。ちゃんと作ってきたよ！　あとね、から揚げもあるの！」
「美味しそうだなぁ」
一口食べてみるとなかなかうまい。
「美味しいよ！　これ！」
「ホント!?」
「うん。ホントに美味しい！」
「よかった！」
この日は風も強くなく心地よかった。
僕は理央の笑顔をあとどれだけ見ることができるのだろう？
やはり病気のことは隠しておいて正解だった。
死を見つめるのは僕1人でいい。
理央が付き合う必要は無い。

昼食を終えて浜辺を2人で歩きながらそう思った…

「ねぇ、先生」
「ん？」
「先生は海好き？」
「うん。好きだよ。昔は夏になると毎年家族で行ったなぁ」
「あっ、ごめんなさい…また私…」
「いいんだよ。気にならないから。毎年ね、同じところに行ったよ」
「どこの海？」
「下田（しもだ）からバスで1時間くらいかな、山を抜けていくんだ。松崎町（まつざきちょう）という場所でね…内海で波が全然無くて…毎年そこの国民宿舎に泊まってた…静かでのんびりしたとこだったよ」
「へぇー、私も行ってみたいな…その海。今度連れてってよ！」
「いいよ」
僕の中にある、父と母と行った海。
その景色に理央が映った。
あの町はどんなに変わっただろうか？
最後に見てみるのも悪くないと思った。
理央は犬の散歩をしている夫婦らしき男女と何やら楽しそうに話している。
風になびく髪を押さえながら輝くような笑顔を見せる。

僕はその姿を見ていて幸福だった。
そしてできるなら永遠に見つめていたい。
いつまでもこの幸福の只中(ただなか)で…

理央は話していた男女と一緒にこっちへ来た。
「先生、写真撮ってもらおう‼」
そう言うとバッグから携帯を取りだして僕の手をひっ張った。二枚写してもらった。
「今度は私たちで撮ろう！」
そう言って何枚も撮りだした。
そういえばお互いに写真は撮ったことが無かった。
「先生、私のこと待ち受けにしといてね」
「ああ。この２人で写ってるやつがいいな」
「見せて。私、変じゃない？」
「大丈夫だよ」
まだ６月だから海の家もオープンしていない。
人もまばらだ。
「先生、泳がない？」
「え？」
「せっかく海に来たんだし。私、水着持ってきたよ！」
「僕は持ってきてないよ」
「なんだぁ。しょうがないなぁ…じゃあ私少し海に入ってくる。いいでしょう？」
「いや、危ないよ。ダメだ」

「大丈夫だって。腰より深いところは行かないから。いいでしょう？」
「わかった。僕も入るよ」
「先生水着無いじゃん」
「ひざ下くらいならパンツの裾をめくれば大丈夫だよ。でも君はどこで着替えるんだ？」
「ああ、下に着てきた！」
そう言うと理央はワンピースを脱いだ。
「さっ！　入ろう！」
僕の手を取り海に足を踏み入れた。
水の冷たさに僕たちは子供のようにはしゃいだ。
途中、僕は砂に足をとられて転んでびしょ濡れになった。
理央は大笑いした。
「笑いすぎだよ」
「ごめんなさい。でも先生びしょ濡れ！　向こうで乾かそう！」
海から上がって、僕らは閉まっている海の家の横にあるベンチに腰かけた。

僕は格好悪いことにパンツと上着を乾かすため、理央から借りたバスタオル一枚の姿だった。
「なんだか変質者みたいだよ…」
「先生、それうけるよ」
そう言うといきなり携帯で写真を撮った。

「おい！」
「記念、記念。いいじゃん！」
「しょうがないな…友達とかに見せるなよ」
「うん」
わざと怒った風をよそおって言うと理央は笑って頷いた。

缶コーヒーを飲みながら服が乾くのを待った。
６月といっても今日は暑いからそんなに時間はかからないだろう。
理央は水着姿のままだった。
「このまま乾かすから」
「そう。でもなんか、はおりなよ」
「大丈夫。気持ちいいし！　それに私が水着のほうが先生イイでしょう？」
「なんで？」
「変質者に見えないから」
「うるさいよ」
そう言うとおかしくて２人で笑った。
「昔、本気で海の側に住みたいと思ったよ」
「家族で行った？」
「ああ」
「私と住もうよ。私が卒業したら」
「そうしよう」
「ホントに⁉　約束だよ」

理央はそう言うと指切りのポーズをした。
「ああ」
僕も指を出して指切りした。
「もうちょっと切らないでこうしてよう…」
理央は僕の肩に寄りかかってきた。
僕たちは指を切らずにしばらくそうしていた。

僕は何度も海に向かって叫んだ。
心の中で。

『死にたくない！　死にたくない!!』と…

第十五話　衝撃の事実

転換　理央side

月曜日。
先生と行った海。楽しかった！
海を見ながら指切りをした。
先生の思い出の海に２人で住む。
ってことは結婚!?
私は１人で浮かれていた。

でも浮かれてばかりもいられない。
例のメールはいまだに送信されてくる。
どこの誰かは知らないけど何がしたいのかと思う。
屋上はまだ立ち入り禁止になっている。
学校では屋上にナオコの幽霊が出るとか、ひどいうわさが流れてた。
話しているやつを見るたびにどうにかしてやろうと思ったけど、みんなに止められた。
昼休みになると５人集まって裏庭で食事した。
みんなで話していると携帯が鳴った。
事務所からメールが来たので見てみるとビックリした。

雑誌の街頭ポスターを見た番組制作会社のプロデューサーとかいう人から私にドラマのオーディションを受けさせたいとオファーがあったって…
私が!? ドラマの!? すごい!!
すぐに事務所に電話して細かい話を聞いた。
電話を切ったあと、みんなに報告した。
「マジで言ってんの!?」
「すごい!!」
「じゃあ、芸能人!? 理央が!!」
「オーディションに出るだけだよ。出るだけ」
私はみんなが興奮するからなだめた。
そんなに盛り上がられると逆に恥ずかしくなってくる。
「大丈夫!! 理央ちゃんなら絶対合格するよ!」
「ありがとう、トモ子。でもプロの人とかも受けるだろうし…イベント気分で参加してくるよ」
学校が終わっても駅前のマックではその話題でもちきりだった。
そうだ！ 先生はどう思うだろう？

私は家に帰るとさっそく先生に電話した。
「私！」
『どうしたの？』
「実はね…」
私は事務所から来た話を先生に教えた。

『すごいじゃないか！』
「うん。それでね、先生はどうかなって」
『僕が？』
「ほら、私がそういうの出るのどう思うかなって…」
『君はどうしたい？　気が乗らないのかい？』
「私は…出てみたい。別に夢とかそんなんじゃないけど。でも他に夢とかやりたいことがある訳でもないし…どんなものかなって…自分が認められたんなら試してみたい」
『なら出たほうがいいよ。迷う必要は無いよ』
「うん！　でも私、先生は反対するかと思ってた」
『どうして？』
「前にモデルとかは住む世界が違うみたいなこと言ってたから」
『たしかにそう言ったけど君の可能性が広がるなら観てみたいよ。君がTVに出るなんて想像もつかないけど楽しみだ』
「まだ気が早いよ。受かってからなんだから」
『そうだったね。で、いつやるの？』
「来月だって。今月の中頃から書類選考やって通れば１次審査かな」
『頑張りなよ。もしかしたら君に向いているかもね』
「ほんとに？　どうしてそう思うの？」
『君がいると周りの景色が明るく見えるんだよ。それって天性の…華っていうのかな。そういうのだれでも持ってる

ものじゃないだろう？』
「それは言いすぎだよ。先生は私に惚(ほ)れてるからそう見えるだけ」
『それもあるけどね』
電話越しに聞こえる先生の笑い声から、私は先生の笑顔を感じ取れた。
最初の頃からは想像もできなかったけど。
私が電話している最中はとうぜん携帯に付いてるストラップはカチャカチャ揺れている。
先生のも同じように揺れているはずだと思うと嬉しかった。
『そうだ。僕の新しい本ももうすぐ原稿が上がるんだよ』
「先生また本出すの？」
『ああ。それでゼミの学生たちが原稿ができあがったらお祝いしてくれるんだけど、君も来るかい？　友達でも連れて』
「素敵！　行く!!」
先生の新しい原稿ができあがって私が書類選考通れば…最高のパーティーになるかも！
もちろん２人にとって。
私はその日が待ち遠しかった。
先生が新しい本の原稿を頑張っている以上、私もなるべく邪魔しないようにしなくちゃ。
でも何ができるかなぁ…１日五回以上しているメールを三回に減らすとかは…意味無い…

やってもやんなくても同じだ。
そうだ!!
さっき切ったばかりだけど私は先生に電話した。
『どうしたの？』
「先生、原稿っていつもどこで書いてるの？」
『そうだなぁ、データで持ち歩いてるからどこでも書けるけど、資料がかさばるから家が多いかな』
「じゃあ、明日からは全部家で書きなよ！」
『え？』
「明日から先生の家に通ってご飯や夜食を作ってあげようって決めたの！」

次の日からハードスケジュールが始まった。
学校が終わってから、バイトがある日はバイトが終わってから、先生の家に行く。
時間があるときは一緒にご飯くらいは食べれるけど、無いときは夜食を作ってすぐに帰る。
でも先生の力になれてると思ったら楽しかった。
「毎日大変だろう？　悪いからいいよ」
「大丈夫！　若いから私」
ここで先生に負担に思われたら元も子も無い。
「先生、気にしないで。私だって用事があれば来れないし」
「正直、毎日君がいてくれると助かるよ。ただ疲れないか？」

「さっきも言ったじゃん。若いって！　先生は安心して原稿に集中してよ。洗濯とか食事は私に任せてよ！」
「わかった。ありがとう！」
よかった！
先生がそう言ってくれるなら大丈夫だ！
先生が原稿を書いてる間は時間があるときは本棚から本を取りだしたり買ってきた雑誌を見たり…
ただ、先生が持ってる本は難しくて内容の半分以上はわからない。
っていうか読めない字がいっぱいあるし…
そんな毎日が１週間続き、ついに原稿が完成した。

「できた!?」
「ああ。予定より大分早くできたよ。君がいろいろ家事をしてくれたおかげだよ。ありがとう！」
よかった！
私は先生の力になれたことが心底嬉しかった。
「これで私、先生の奥さん合格かなぁ？」
私が言うと先生は飲んでたコーヒーをむせて吹きだした。
「なんだよ、出し抜けに…」
あーあ、シャツにコーヒー付いたじゃん。
私はコーヒーをハンカチでふいてあげながら言った。
「だって、この前私のプロポーズ受けてくれたでしょ？
一緒に先生の思い出の海に住むって」

「そうだけど、急に言われるとなぁ…」
「私のことよろしくね。こ、光輝…」
「ああ」
初めて名前で呼んだ。
なんだか恥ずかしい…
「やっぱ先生って呼んだほうがまだ恥ずかしくないかも…言ってから超照れたよ…」
顔が熱い。私、もしかして顔が真っ赤になってる？
「どっちでもいいよ、呼び方なんて。君が呼んでくれるんだから」
先生は私を見て微笑んでくれてる。
「そうだ！　私の昔の写真持ってきたの！　ほら、前に先生言ったじゃない。私の家族の写真も見てみたいって」
「ああ、そうだったね」
私はバッグから写真を取りだした。
「高校の合格祝いのときに撮ったの。真ん中が私、ってわかるよね？　横にいるのがパパとママだよ！」
電話が鳴った。私の携帯だ。
「ゴメン！」
そう言って電話に出ると事務所からだった。
明日、制作会社のプロデューサーと食事だって。
時間と場所を聞いて切った。
ん？　先生どうしたのかな？
じっと写真見てる。

「先生、どうしたの？」
「ああ、君はお母さんに似てるんだね」
「うん！　よく言われるよ。ママより美人って」
「ホントだ」
そう言って２人で笑った。

帰り際に先生が、
「書類選考の結果、教えてくれよ。２人でパーティーしよう」
「うん！　連絡する」
そうだ！　これも言っておかないと。
「今日で私の通い妻は終わりだからね。寂しいと思うけど！」
「毎日電話するよ」
「約束ね！」
指切りして別れた。
お馴染みの電車からのキスをして。

衝撃の事実　　光輝side

写真を見た瞬間から、頭が真っ白になった。
あのときいいタイミングで理央に電話が来たから助かった。
僕の顔を見られずに済んだから…

理央の家族の写真。理央のお父さんという人は…
父だった…
幼い頃、僕と母を捨てた父だった。

第十六話　さようなら

🪶 **決意**　光輝side

理央と僕は腹違いの兄妹(きょうだい)だった。
たとえ知らなかったことといっても…
理央がこの事実を知ったらどれほどショックを受けることだろう。
それよりも僕との関係が彼女の人生の中でプラスになるとは思えない。
例えば僕が、もうどうせ死んでしまうんだから黙っていて楽しもう…と割り切れたらどれだけ楽だろう。
だが僕とは違い、理央にはこれから先、希望に満ちた可能性がある。
その長い道のりに、実の兄と関係があったという事実は暗い影を投げ落とすとしか考えられない。
僕は決断しなければならなかった。
最初から僕の死をもって終わる関係だった。
僕が死んだあと理央が何もかもひきずって生きていくなら…

そしてもう一つの事実が理央に対する想いに歯止めをかけ

ていた。
父は僕と母を捨てて理央の母親との生活を選んだ。
そして２人の間に理央が産まれた。
理央の母親がいなければ父は僕たちを捨てず、今でも家族は存在したかもしれない。
そう考えると悲しみに暮れていた母の姿が頭から離れなかった。
真実を伏せて別れよう。そう決断した。
僕はカオリに連絡を取った。

翌日、カオリと僕の部屋で話した。
「実は君に話さないといけないことがあるんだ」
「何？」
「僕は理央と付き合ってるんだよ。ほら、前に大学で会ったろう？」
「知ってる…ついこの前も話したわ…ここで」
「なんだって？」
「私、付けまわしてたの。あなたが忘れられなくて…そしてあの子を呼びだして、ここであなたと別れるように話したわ」
「そんなことが…」
僕は言葉が出なかった。
カオリがまさか理央とそんな話を…
「あの子はすごい子ね。あなたと一緒にいられないなら死

んでもいいって言ったわ…死んでもいいくらい好きだって」
僕は胸がいっぱいになった。理央の精一杯の想いに。
「だから私、あなたのこと任せようと思ったの。そしたらどう!? あなたはどんどん感情を取り戻していった…私たちには見せたこともない笑顔も。それを見たとき素直にすごいと思った。理央って子を。２人は世界でたった１人の相手なんだって」
カオリの言うことを黙ってかみしめた。
理央の笑顔。
理央がそこにいるだけで周りが明るく見える。
理央の優しさ、明るさ、ひたむきさが僕の心を呼び覚ましてくれた。
人生が終わるという間際に、人として誰かを愛し愛される喜びを知った。
「どうしたの？　光輝」
「僕は…彼女と、理央と別れることにした。今度話すつもりだ」
「えぇ!?」
部屋の中に沈黙が流れた。
僕はこのままなんの言葉も聞きたくなかった。
事実を話したくなかった。だけど──
「どうして？　どうしてなの!?」
僕はカオリの問いに答えなかった。

「光輝！　だってあんなに…あなただって好きなんでしょう？」
「ああ」
「じゃあどうして!?」
「妹なんだ…」
「えっ？」
「理央のお父さんは僕と母を捨てた父なんだよ」
「どうして？　どうしてそんなことを？」
「昨日、理央と写ってる写真を見たんだ…」
「じゃあ、理央のお母さんっていうのは？」
「ああ、僕たちから父を奪った人だよ…それが無ければ母は傷つくことも泣くことも無かったんだ。毎日のように…」
「でも、理央には…」
「わかってる。ただ、これから理央に逢うとき、泣いている母の姿が思い浮かばないか不安なんだ…お互いのためにも別れたほうがいいと思う。できればこの先の長い人生の中で10代の頃に２、３ヶ月付き合った年上の男がいたなぁ…というくらいがちょうどいいんだ」
「何か私に協力できることはある？」
「理央に…何も言わないでくれ。兄妹ということも僕が死ぬということも」
カオリは目に涙を浮かべて頷いた。
カオリが帰ったあと、僕は理央に電話した。

普段と変わらずに。

希望　理央side

やった!!　事務所からの連絡で書類選考通過だって！
私はもうオーディションに受かった気でいた。
でもここからが大変だ。
休み時間にみんなに報告すると大騒ぎになった。
「やったじゃん！　理央！」
「あんたは絶対なんかすると思ってたよ！」
「次は何？　水着審査とか？」
「私、応援に行くよ！」
ヒナ、マキ、ミホ、トモ子、みんな祝福してくれた。
「でも、これからだから。想像すると緊張してくるよ」
「大丈夫！　理央は度胸据わってるから」
「ありがとう。そういえばこの前、私を推薦してくれたプロデューサーってオヤジと事務所の人と食事したけど、イイ人だったよ」
「大丈夫？　そういうのってあとで売りだしてやる代わりに身体とか要求されない？」
「そんな人じゃないと思うけど…でもそうなったらなったで私の奴隷にしちゃうよ。そいつ」
「やっぱ怖いわ。理央は」

「大丈夫。あんたならノシていけるよ」
「ねえ、理央ちゃん、もし理央ちゃんがデビューしたら私たちもインタビューとかされるのかな？　学校の友達とかいって」
「大丈夫だよトモ子、モザイクかかって声も変えられるから」
そう言ってマキがよくTVとかニュースに出てくる闇金業者のインタビューのマネをした。
あんまり上手いからみんな爆笑した。
「そうだ！　先生ね、新しい本の原稿が完成したの。で、ゼミの学生たちがお祝いしてくれるんだけどみんなもおいでって。私の書類選考通過のお祝いもかねてって」
「行く行く！　それ！」
「合コンじゃない？　行くよ！」
「違うよ。理央と先生のお祝いだよ」
「行きたい。みんなで行こう！」
私はみんなのやりとりを見ていて当日が楽しみになった。
あっ！　そうだよ先生に教えなきゃ。
講義中かもしれないけど電話してみた。
『はい』
「私！　あのね、書類選考、通過したの！」
『よかったじゃないか！　君なら通ると思ってたよ』
「でも次からが本番だから…」
『大丈夫。君なら合格するよ』

「ありがとう。頑張るね」
先生に言われるとほんとに合格するような気がしてきた。頑張らなきゃ！
「そうだ先生、パーティーだけどいつになりそう？」
『そうだなぁ、今から店の予約といきたいけど、学生たちも試験があるから来月の初めかな。細かく決まったら教えるよ』
「あと２週間だね。そうだ、１次審査だけど予定が繰り上がって月末なの」
『ちょうどいいじゃないか。パーティーが盛り上がるよ』
「うん。残念会にならないよう頑張る」
『ああ』
電話を切ったあと、私は携帯とストラップを握りしめた。
絶対合格してやる！

さようなら　光輝side

僕は大学の個室で出版社の人間と最終的な打ち合わせをしていた。
ページに入れる写真、レイアウト、表紙etc.…
≪私、あなたの本３冊も買っちゃって参考書買えなかったんです≫
最初に理央と話した電話を思い出した。

今日は学生たちが原稿完成の打ち上げパーティーを開いてくれる。
パーティーといっても駅前の居酒屋でするささやかなものだ。
理央たちも参加すると言っていたが、1次審査の結果報告は来なかった。
もしかして落選したのだろうか…
それとも結果発表はまだなのだろうか？
出版社の人間が帰ると、入れ違いにゼミの学生が来た。
「一条先生、じゃあ、6時にお店のほうに来てください。みんな待ってますから」
「ああ。5人増えたのは大丈夫かな？　この前話した」
「ええ。ちゃんと追加人数に入れておきましたから。じゃあ、あとで！」
今日の講義は午前中までだが、時間まで僕は寝ることにした。
病気は確実に進行していた。
日常生活にはあまり影響が無いが、体力が大分落ちていた。

ドアをノックする音で目を覚ました。
「どうぞ」
「失礼しまーす」
ドアを開けて入ってきたのは理央の友達だった。
「すみません。お店の場所聞いてもわからないからって理

央に言ったら、先生と一緒に行けばいいって言うから…」
「うん。聞いてるよ…理央は？」
「あっ！　なんか事務所の人と話があるって言って直接お店に来るそうです。30分くらい遅れるかもって」
「そう…あっ、そうだ。１次審査の結果はどうなったのかな？　まだ出てないのかな？」
「ホントは昨日出てるはずなんですけど、理央教えてくれなくて」
「聞いても笑って"ごめん"って言うだけで…」
「理央ちゃんダメだったのかなぁ…」
「トモ子、変なこと言うなって！　発表が延びてるだけかもしれないじゃん！」
もしかして１次審査はダメだったのか…？
「そろそろ時間だから行こうか」

僕は理央の友達を連れて店に向かった。
やっぱり１次審査の合格祝いもかねてなんて言わなければよかった。
落選したら顔を出しづらいに決まってる。
とりあえずあたりさわりの無い内容のメールを送っておいた。
パーティーが始まった。
最初はみんな僕にいろいろ本の内容などを聞いていたが、だんだん各自勝手に騒ぎ始めた。

「ねえ、君たちってうちの大学？」
「先生とどんな知り合い？」
やっぱりというか理央の友達は男子学生たちに質問攻めにあっていた。
「えーっ！　小澤理央ってあのモデルやってる子が来るの!?」
急に女子学生が大きな声を出した。
「はい。私たち、理央の友達なんです」
「実物は雑誌よりぜんぜん可愛いですよ！」
「っていうかキレイすぎ？」
理央はそんなに有名なんだろうか？
でも女子学生だからその手の本は見るか…
「先生、すごいっすね。小澤理央と知り合いなんすか？」
「ああ。知ってるのか？」
「まあ、割と有名ですよ。僕らの年代じゃ」
意外だった。
「でもさぁ、やっぱり上手に撮影してるからキレイに見えるだけで、実際に会ってみたら案外普通なんだよな。その手の子って」
「理央はほんとにすごいですよ」
「いや、もう友達トークはいいから」
「ほんとです！」
理央の友達とウチの学生が何やら言い合っている。なんだか変な方向に盛り上がってきたなぁ…

そのとき派手な服装の女性がこちらの席に来た。
やっぱりというか理央だ。
「すみません。一条先生の出版お祝いの席はこちらですか？」
「理央ー！　ここ、こっち！」
「マキ！」
みんな一瞬黙り込んだ。
「はじめまして。小澤理央です！」
理央が挨拶すると男子も女子もみんな勝手に自己紹介し始めた。
「先生！」
理央が手を振ってこっちに来た。
「待ってたよ」
「ごめんなさい。話が長くて。それより出版おめでとう！」
「ああ」
「それからね、１次審査合格したよ。あとは本選だけ」
「そうなのか？　おめでとう！　ほんとにおめでとう！」
「ありがとう！」
「でもどうして教えてくれなかったんだ？　僕はてっきり……」
「昨日結果聞いたから」
「だったら昨日電話のときに言えば…」
「すっごく言いたかったけど我慢したの。サプライズでし

ょ？」
そう言って理央は友達に報告しに席に行った。

いつの間にか理央を囲んでみんな飲んでいた。
笑いがたえない、楽しい席になった。
理央はほんとに嬉しそうにしていた。
今までに無い盛り上がりでパーティーは終了した。
理央はいつの間にか寝てしまってた。
「理央最近忙しそうだったもんね」
「事務所のレッスンとか行ったりして」
「先生、あとよろしくお願いしますね！」
そう言うと理央の友達は学生たちをひき連れてカラオケに行ってしまった。
店には僕と理央の２人きりになった。
「う～ん…」
両手を思いっきり伸ばして理央が目を覚ました。
「大丈夫かい？」
「えっ？　やだ最悪!!　私寝ちゃったの!?」
「ああ。気持ちよさそうに寝てたよ」
「ごめんなさい。先生のお祝いなのに…」
「いいよ。疲れてたんだよ。レッスンとか受けてんだろう」
「うん。ちょっと頑張ってみようかなって」
僕たちは店を出ると近所の公園で酔いをさました。
「そういえば最初のデートのときも私酔っぱらって寝ちゃ

ったね」
「うん」
「迷惑だったよね？」
「いや。楽しかったよ」
「今日なんかお酒も飲んでいないのに寝ちゃって…先生が主役なのに２次会行かないで私に付き合ってくれて」
「大丈夫だよ。君が来て今日は最高に盛り上がったよ」
「よかった！」
夜風が吹いた。
理央は気持ちよさそうに風を感じていた。
その横顔を見つめながら僕は口を開いた。

「もう…僕らの関係は終わりにしよう、さよならしよう」
「えっ？　なんで？」
理央は何が起きたのかわからないといった表情だった。
「なんていうか…やっぱり年齢に差があるのって疲れるんだ。未成年っていうのも後ろめたいし」
僕はわざと面倒くさそうに言った。
「先生どうしたの!?」
「ほら、君もオーディションに合格したら今までのようにはいかないし、僕も忙しくなる。ちょうどいいんじゃないかな」
「先生、前に先生の家でずっと一緒にいるって私に言ったじゃない…」

理央の声は静かだった。
「あれは、そういう雰囲気だったんだよ。僕もさぁ、女子高生と付き合うっていうのが面白そうで興味あったしね…楽しかったよ」
「本気で言ってんの？」
「ああ」
「じゃあ、先生の思い出の海に一緒に住むっていうのは？そこには２人一緒じゃないの!?」
「僕は、一緒じゃないよ。悪いけど」
「どうして…？」
「君は金で抱かれてたんだろう!?　しかもゲームのような感覚で」
「私…」
「冷静に考えたら僕には君の価値観は人として耐えられない。それに僕は君が考えているような人間じゃないよ」
理央は無言のまま走りだした。
僕は理央を追わなかった。

初めて電車で逢った理央…
僕の本を３冊も買った理央…
大学での２人きりの授業…
電車から投げキッスをしてきた理央…
銀座でのデート…
僕の家で泣き崩れた理央…

指切りして眺めた海…
理央の笑顔。全部が思い出された。
僕は泣いた…
夜の公園で、独りで理央を想って泣いた。

僕は理央を永久に失ってしまった…

第十七話　2人の絆

堕ちる天使　　理央side

私はあのとき涙も出なかった。
あまりのショックでとにかく走って気がついたら全然知らないところにいた。
先生の言ってたことは全部嘘だったんだ！
結局、先生も私が見てきた他のやつらと同じだった。
あんなに好きになって…
私1人で盛り上がってバカ丸出しだよ！
先生の目はいつもと違ってとても冷たかった…そしてあの一言…
≪冷静に考えたら僕には君の価値観は人として耐えられない≫
やっぱり男の違いなんて着ているシャツの色だけだ。
携帯が鳴った。
見てみると例の嫌がらせメールだった。
どうせまた『人殺し』と書いてあるんだろう。
どうでもいい、人殺しだろうとなんだろうと。
メールを見てみると今度は何か動画が添付してある。
見慣れた建物が映っている。

映っている建物は私たちの学校だ。
画面の右はしがズームされて屋上の部分が映しだされた。
離れた場所から撮影したためか、人影が映っているが誰かはわからない…
やがて人影の一つが画面から消えた…
落ちていった。
これは私とナオコだ！　ナオコが自殺する瞬間…
その瞬間、私は吐きそうになった。
私はとても１人ではいられなかった。

寂しくて怖くて、気がついたらユウジに電話してた。
『どうした？』
「ユウジ…傷ついたら、いつでも来いって言ってたよね…」
『ああ。どうした？』
「ゴメンね。迎えに来て」
『いいよ！　どこにいる？』
「どこだろう？　じゃあ渋谷までタクシーで行くから待ち合わせしよう」
『ああ。気をつけろよ！』
こんなときはユウジの声でも頼もしく聞こえる。
そのあと、ユウジと逢った瞬間、私は泣いた。
一度泣きだしたら止まらなかった。

次の日学校に行くとみんなが集まってきた。

「昨日あれからどうした？」
「先生と２人でお祝いとかした？」
そうか。みんな気を利かせて２人にしてくれたんだよね…
「あのあと、フラれちゃった…やっぱ年下は疲れるって」
「はぁ？　マジで!?」
「ありえなくない？」
「理央ちゃん、ホント？」
ほんとうにそうなんだ…みんなゴメンね…
「ホントだよ。私、ユウジとより戻したから」
「えぇ！」
「ユウジと？」
「うん。やっぱああいうのがお似合いなんだよ」
「理央がいいならいいけど…」
「私、理央ちゃんと先生は理想のカップルだと思ってたのに…」
「トモ子！　余計なこと言うなよ！」
「それにしてもムカつくね！　あのオヤジ！　大学に乗り込んでやろうか？」
「やめて！　そんなことしないで！」
「理央…」
「ゴメン、ありがとう。でも…もう関わりたくないから」
私はそれ以上は触れられたくなかった。
早く忘れたかった。
「ねぇ、今日は久々にクラブ行こうよ！　ねっ！」

「そうだね！　みんな理央に付き合うよ！」
「じゃあ…一回帰って集まろう」
そっか…もうマンション無いんだ。でも不思議とまた"パパ"をつくろうという気になれなかった。
家に帰るとシャワーを浴びてから着替えた。そしてバッグと携帯を手に取る。ストラップが目に入った。
ホントは見たくもないストラップだけどなぜかまだ外せなかった。
クラブに行くとユウジがいた。
「よお！　理央！　それに友達も久しぶり！」
「友達って失礼！　名前あるっつうの！」
ヒナがブーたれた。
「わりい！　えーと、君はマキだよね。タカシの彼女の」
「そうそう！　マキです！」
「それにヒナとミホ、トモ子だろ！」
「覚えてるじゃん！」
「早く言ってよ！」
ユウジとふざけ合ってる４人を見て思った……
みんな楽しそうでよかった。
これでいいんだ。私は。
「理央、話あるんだ」
「何？」
「ちょっといいか？」
ユウジに呼ばれて私はみんなと離れた。

「なぁ、また２人で組んで稼ごうぜ！」
「いいよ。でもあの子たちは使わないから」
「なんで？」
もうみんなはひき入れたくなかった。
「実際のとこ、あんま役に立たないんだよね。あの子たち」
「OK！　じゃあどうする？」
「考えておくよ」
「ああ。あと、今夜家に泊まりに来いよ」
「うーん、泊まりは無理だから終わったら家まで送って」
「わかった」
何しようかなぁ？
別に次はなんでもいいや。
とにかく何かしていたかった。
何かして忘れたかった。

悪魔の罠　　光輝side

僕は大学に辞表を提出した。
来週いっぱいで辞めることになる。
そのあとのことは考えてなかった。
あれから理央とは連絡も取っていない。

それからも資料の整理や後任の講師への引き継ぎもあり、

思ったより多忙だった。
あれから理央はどうしただろうか？
もう半月になる。

携帯のストラップを見るたびに思い出した。
だが僕は理央の前から消えることを選択した。
互いにそれが一番いいと思って。
あのひどい言葉でどれだけ理央が傷ついたかわかる。
だけどこれからは……
理央のこれからの人生が光り輝いているように。
そう祈っていた。

気ままに過ごせるのは今月いっぱいだろう。
今日はカオリを呼んで整理を手伝ってもらった。
「光輝、大丈夫？　体調のほうは？」
「ああ。早いとこ片付けよう」
２人で作業していると聞き慣れた声が聞こえてきた。
「すみません！　失礼しまーす！」
ドアから入ってきたのは理央の友達だった。
「ありえない！　もう新しい女連れ込んでるよ！」
「信じられない…」
「ちょっとみんなやめなよ」
そうか…カオリのことを僕の新しい恋人と思っているのか。
「何考えてるかは聞く気も無いけど、私は光輝のいとこだ

から」
　４人は顔を見合わせた。
そして一番気の弱そうな子が口を開いた。
「あの…理央ちゃんのことでお話があるんですけど…」
「なんだろう？　見ての通りたて込んでるんだ」
「トモ子、ダメだこいつ。こんな男に相談するのやめよう」
「ヒナちゃん。やっぱり先生じゃなきゃ無理だと思う」
「だって！」
「あっ！　ストラップ！」
　１人が僕のストラップに目を付けた。
「それ…理央ちゃんとお揃いですよね…どうしてまだ持ってるんですか？」
僕は答えなかった。
「ほら、やっぱり先生しかいないよ。理央ちゃんのことを助けられるのは」
助ける!?
「理央がどうかしたのかい？」
　４人は顔を見合わせて話しだした。
「ユウジっていう理央の元彼知ってますか？」
「名前だけは…」
理央が仕組んだ援助交際の相手を恐喝していた奴だ…
「理央は今ユウジと付き合ってるんですけど…私の彼はユウジの友達で…ユウジは最近ヤバイクスリを売るみたいなこと考えてるんです。そこで理央はモデルやってるから顔

広いし…」
「理央にクスリを売らせる気なのか？」
「そこまではわからないけど、理央の弱みをいくつも握ってるって」
「私たちもさっきマキの彼氏から聞いてビックリして…」
「例えば…前に理央を家に呼んだときに隠し撮りしてたのとか…今日もクスリを吸わせてるとこを隠し撮りするんです。それでもし理央がまた自分の側から離れるときは、理央の両親にそれを売り付けるって」
なんてことだ…そんなことになっていたのか！
「それにもう一つ。ユウジは自殺したナオコに電話してたんです。本人じゃないけど、知り合いを使って…」
「そのあとなんです、ナオコがお母さんを殺して学校で…」
そんな奴が理央を…
「そのあとも理央が立ち直れないように変なメール送ったりしたらしいんです。最悪なのは、ナオコが屋上から落ちる瞬間を動画に撮って理央に送信したって…タカシはそれ聞いてユウジには関わりたくないって。イカレてるって」
「私たち今からユウジの家に行こうと思って…それで──」
「男手が欲しいんだな!?」
「はい…」
「案内してくれ」
僕は資料を放りだして部屋を出た。カオリもついてきた。
病人と女5人。

何ができるか…
だけどまだ僕の身体の動くうちでよかった。
オーディションに通って、理央の人生は可能性が広がってるはずなのに、こんなことで台無しにはできない。

恋愛の終わり　理央side

私はユウジの家に来ていた。
少しくつろいでからユウジがバッグからある物を取りだした。
「理央、これさあ、今度さばこうと思って」
ユウジが白い粉をテーブルの上に置いた。
「試してみようぜ」
ユウジはこれを私の業界のコネで売りたいらしい。
「これやってヤルと最高らしいね」
私は今までクスリとか自分の首を絞めるようなことはやらなかった。
今までは…
「やりかたはわかるよな？」
「聞いたことあるよ」
でも今はどうでもよかった。
破滅するなら見てみたい…そんな誘惑にかられた。
そのときインターホンが鳴った。何回も。

「理央ちゃん！」
トモ子の声だ。ヒナたちの声も聞こえる。
「おい、いつまで使えねえ奴らとつるんでるんだよ？　さっさと切れって」
「私にそこまで干渉しないで！」
私がいきなり半切れしたからユウジは驚いた。
「わりぃ…」
「いいよ。帰ってもらうから」
私がドアを開けると、ヒナたちの横から先生が出てきた。
嘘…どうしているの？　なんで？
「ユウジというのはいるか？」
「え…？」
「君は早く帰る準備をするんだ」
そう言うと先生は部屋の中に入ってきた。
どういうことなの⁉
「あれ？　先生じゃん」
「なんで僕を知ってるんだ？」
私が先生の後ろから部屋に入るとユウジがなんだかニヤニヤしていた。
「どうして僕を知ってる？」
「そりゃあ理央のことはなんでも知ってるさ。俺は」
最初２人が何を話しているのかわからなかった。
いきなり先生は部屋を荒らし始めた。
「おい！　何すんだよ！」

先生がベッドの横にあるユウジの洗濯物をどかすとカメラが出てきた。
カメラはちょうど私が座ってた場所。
そしてベッドを写していた。
「なんだこれは？」
ユウジは返答できない。
「理央の映像データを出せ！　早く！」
私の映像？　何？
「おい！　理央！　なんなんだよこいつは？」
「それより、これ、何を写してたの？」
私が聞いてもユウジはまた返答できない。
「おまえは理央がこのクスリを吸ってるところを撮影するつもりだったんだ。そうだろう！」
何それ…？
「他にも理央といるときに撮ったモノがあるだろう!?　そうやって理央を縛り付けるつもりだったんだ!!」
「ホントなのユウジ？」
「ウソだよ！　そんなことねぇよ！」
「本当だ！　君がまたこいつから離れたら映像をネタに親をゆするつもりだったんだ！」
「ユウジ！」
「うるせぇ！　理央を弄んでるのはあんただろう？　違うか？」
先生！

「おまえに何がわかる？」
「わかるさ！　あんたが理央の兄貴だってくらい」
私はユウジが何を言ってるのかわからなかった。
私と先生が兄妹⁉
「あんたのオヤジはあんたらを捨てて理央の母親と結婚したんだ！」
「だまれ！」
先生がユウジを殴った。
「イテェよ先生。理央の男がどんな奴か興信所使って調べたんだ…金はかかったけど最高の収穫だったぜ。さぁ、保護者は帰る時間だよ」
「保護者？」
「そうだよ。あんたは兄貴っていう責任感からここに来たんだ」
「違う」
「じゃあなんで⁉」
そう！　なんで来たの？
私のことなんかどうでもいいじゃない！
「兄としてじゃない…僕は理央を愛してるからここに来たんだ！」
言った瞬間、ユウジがつかみかかった。
「だからって、なんのつもりだ‼」
２人がもみ合った拍子に先生の携帯がポケットから落ちた。
携帯にはあのストラップが…私は携帯を拾い上げて握りし

めた。
私と先生を結ぶ絆――
私の気持ちは決まった。
「理央を惑わしてるのはあんただろ！　兄妹で何しようってんだ!?」
「おまえは理央の何を愛してるんだ？　どうしてナオコって子に電話をして吹き込んだ？」
「なんだそれ？」
「そのあとも理央に嫌がらせのメールを送った。動画も」
ユウジの顔がひきつった。
「ホントなの!?」
「違う！　あれは女だろ？　俺じゃねぇよ！」
「やっぱりあんただよ…ナオコはただ聞いたって言ってただけだよ…女とも男とも言ってない」
ユウジの顔が止まった。表情がこわばったというより止まった。
「クソッ！　くだらねぇ奴らだな！　だからどうしたってんだ？　俺は理央を前みたいに戻したいんだよ！　キラキラ輝いてだれも手の届かない理央に！　理央！　おまえだって以前のほうが楽しかっただろう？」
「いいか！　理央のデータを全部出せ。でないと警察を呼ぶぞ。理央の友達の援交相手から金をゆすりとっていただろ!?　おまえは刑務所行きだ！」
「そんなことはできないってわかってるだろう…？　警察

なんか絡ませたら理央の人生台無しだぜ！　いいのかよ？　理央の援助交際も全部明るみに出るぜ！」
「かまわない！　理央の人生を考えればおまえみたいな奴はたとえ理央が少年院に入っても縁を切っておいたほうがいいんだ！」
先生は私のことをほんとうに考えてくれてた。
「ユウジ、私はかまわない。裁判だろうとなんでも証言する」
ユウジは愕然とした。
「ウソだろ？　人生台無しだぜ！」
「私はいいよ！　どうなろうと自分の責任だから」
「どこにあるんだ？　データは？」
「クソが…一番上の引き出しだよ」
私は引き出しを開けてデータのDVDを見つけた。
「間違いないな？　違ってたらわかってるな？」
「ああ…」
「二度と彼女に近付くな！　わかったか！」
「わかったよ…」
返事をしたユウジを先生が突き放した。
ユウジは力が抜けたみたいに座り込んだ。
こいつが余計なことをしなければナオコは死ななくてすんだかも…そう考えたら許せなかった…私の中で怒りが沸騰した。殺してやる!!
そう思って机の上にあったボールペンを取ろうとしたとき、

「理央！　やめろ！」
先生に止められた。
「やめるんだ…もう関わるんじゃない」
そう言うと先生はユウジのパソコンと携帯を叩き壊した。
「おい！　何すんだよ！」
「写真も何もかもこっちに移してるだろ？」
「ユウジ！　次に私の前に顔出したら許さない！」
私たちはユウジの部屋から出た。

外にはヒナ、マキ、ミホ、トモ子、カオリがいた。
先生はヒナたちの前に行くと頭を下げた。
「ありがとう。君たちが教えてくれなかったら取り返しのつかないことになってたよ」
「そんな、あたりまえのことしただけですよ」
「そうそう！」
「この先も…君たちさえよかったら理央の友達でいてくれないか？」
「はい！」
「ありがとう」
そう言うと先生はカオリを呼んで歩きだした。
私たちはあとに続いてタクシーが拾える大通りまで移動した。
私はヒナたちにお礼を言った。
みんなは怒ったり励ましてくれた。

大通りに出るとすぐにタクシーがつかまった。
そうだ！　先生に言わなきゃ！
「先生！」
先生が振り向いた。私は先生のところにかけより小さな声で、
「ありがとう。あとごめんなさい…」
「ああ…」
「ユウジの言ったことはホントなの？　先生と私が…」
「本当だよ…」
「いつから先生は知ってたの？」
「この前、君の家族の写真を見たときだよ」
「そっか…」
「黙っててすまない。君にショックを与えたくなかった。できれば秘密にしておきたかった…」
「それでこの前、あんなこと言ったんだ…」
「ゴメン…」
「あと、私のこと愛してるって言ったの…あれはホント？」
「ああ…」
「でも…兄妹じゃ…ダメだね…」
「…」
「いいの！　ねぇ先生」
「ん？」
「わかってるから…私、イイ妹でいるから…だから、私を嫌いにならないでね」

「ああ……」
そう言って微笑むと、先生はカオリと一緒にタクシーに乗った。
私たちは別のタクシーで最寄り駅に向かった。
先生と私は兄妹だった…
私たちの恋愛は終わったんだ…

第十八話　羽ばたき

先生と私は兄妹だった。
ショック……なんてものじゃなかった。しばらくは何も考えられなかった。
最初聞いたときは、漠然としていて…
それでもわかったのは、
"ああ、私と先生の恋愛は終わったんだな"
っていうことだった。
時間がたつにつれて私と先生が兄妹という事実の残酷さを実感した。
でも悪いことをした…という感覚は無かった。
だって私たちが出逢ったときは、先生も私もお互いに兄妹だなんて知らなかったんだから。
でも初めて愛した人がお兄さんだったなんて…
≪イイ妹でいるから…だから、私を嫌いにならないでね≫
自分が言った言葉を思い出した。
そんなことできるんだろうか？
そしてこの先、私も先生も別々の人生を送らないとならない。
先生に誰か他の、素敵な相手が現れたら…私はそれを祝福しないといけない…

どうして？　どうして好き同士なのに一緒になれないの!?
考えれば考えるほど悲しくてしかたがなかった。
だけど、このときの私の心が衝撃と悲しみに支配されなかったのは先生の言葉のおかげだった。

"理央を愛している"

この言葉を思い出すたびに私はまっすぐ前を見なきゃと思った。
それに先生ほど私を愛してくれた人は今までいない…だから先生に迷惑かけたくないから私は妹でいいや…
無理やりでもそう思わないと歩く気力も起きない。もう泣くのはやめようって決めた。
オーディションの最終選考は来週だからとにかく打ち込もう！
先生が応援してくれたんだから。

私はモデルだから発声とかはてんでダメ。
事務所の人にも言われたけど、学校や家でボイストレーニングをしないと。
学校ではヒナたちも協力してくれて裏庭でみんなでお腹を押さえて声を出す練習をした。
「あー、あー、いー、」
私1人じゃなく、なぜか5人でやるのがミソ。

最終選考は演技力も見られる。あらかじめ渡された台本で練習した。
「君は僕の何を好きになったんだ」
とトモ子。
「好きになるのに理由なんて必要？」
と私。
見学の３人、笑いすぎだよ。
「それじゃあ、君は…」
「愛してる。あなたのこと」
そこで抱きつく。
「みんなウケすぎ！」
私が言うと、
「だって理央くさすぎ！」
とミホ。
「前に、オヤジをその気にさせたときのほうが上手いよ！」
とヒナ。
「そうそう！」
とマキ。
「失礼ね！　あれはあれで演技じゃないから」
やることはやった。
あとは明日の本番をこなすだけ！
でも最終選考は女優とかいるし…
見た目は私が上だったとしても、やっぱり本職の人には勝てないかも…

先生の声が聞きたい。私はそう思うと電話した。
ユウジとの一件以来、連絡はたまに取ってた。
でも妹としてだから…
正直、思ってること言えないし辛くなる。
でも声は聞きたい。感じていたい。先生を。
『はい』
「私！」
『どうした？』
「明日、最終選考だから」
『そうだったね』
「忘れてたの!?」
『覚えてたよ。大丈夫、カオリに聞いたけど君は度胸あるから』
カオリのヤツ、余計なことを！
「それでね、先生」
『ん？』
「明日さぁ、見に来てくれないかなぁ？」
『ああ。行くよ』
「ホント!?　私、頑張るよ！」
『ああ』
「ありがとう！　やっぱり先生だね。声聞いたら安心した！　私、緊張しちゃってたんだ…」
『今日はゆっくり寝たほうがいいよ。大丈夫。君が舞台に立てば、空気が変わるよ』

「またまたぁ、その気になるよ」
そうして話しながらベッドに入った。
電話を切ったらすぐに眠れた。

翌朝。
みんなと会場の前で待ち合わせた。
ドラマの宣伝もかねて割と大きいホールでやる。
私は事務所の人と待ち合わせてから会場へ。
着くとヒナ、マキ、ミホ、トモ子とカオリと先生がいた。
「ごめんなさい。ちょっと友達が来てるから」
そう言って事務所の人から離れた。
「こんな大きいホールでやるの!?」
「人、多くない？」
「みんな事務所関係か応援の人だよ」
「そうなの？」
「理央ちゃん大丈夫？」
「うん。問題無いよ！」
そう言ってみんなを安心させた。普通、逆だろ？
「理央」
「先生！」
私はかけよった。
「あっ、カオリさんおはよう！」
「何、そのついでみたいな挨拶は？」
「ついでじゃないよ」

「理央、頑張ってな」
先生に言われたら頑張るしかない！
「うん！」
「大丈夫よ光輝。この子の度胸は普通じゃないから」
「普通だよ」
カオリはこんな言い方だけど一応応援してくれてるのかな？
「じゃあ理央ちゃん、私たち会場に行ってるから」
「うん」
みんな歩きだした。
「先生！」
「ん？」
先生が振り向いた。
「先生、見ててね。私のこと！」
「ああ。見てるよ」
よし!!

審査が始まった。
10人が1人ずつステージに上がって、この前渡された台本のセリフを言う。
私は相手役がいるのかと思ってたけどそうじゃない。
審査席にいる人がセリフを言う。
だからステージで独り芝居になっちゃう。
そんなこと聞いてないしできないよ！　みんなほとんどで

きない。棒読みだ。
でもやっぱ芸能事務所から来てる連中は上手くこなしてる。
セリフを忘れないように目をつぶって繰り返した。
でもだんだん順番が近付いてくるとそれどころじゃない。
心臓はバクバクするし、いてもたってもいられなくなり私はバッグから携帯を出した。
ストラップを見て握りしめた。
そのまま深呼吸をすると気持ちが落ち着いてきた。
私の名前が呼ばれた。ついに私の番だ！
ステージに出るとライトが眩しくて、客席には関係者やら応援の人がいっぱい。
だけど声援とかは聞こえなくて拍手が少しあって司会者が私の名前を呼んだ。
「は、はい」
「ではこの前お渡しした台本のセリフを言ってください。相手役のセリフは審査席のほうから言いますから」
「はい」
始まった…
落ち着いてたのに一瞬で緊張してきた。どうしよう!?
なんにも聞こえないかも…でも不思議と客席はよく見えた。
真ん中よりも右横のすみのほうにみんなが見えた。
先生を見つけた。
「君は僕の何を好きになったんだ？」
セリフが読み上げられた。

そういえば先生にも前に聞かれた。私はこう言ったっけ…
「好きになるのに理由なんか考えないよ」
台本とちょっと違うけどうでもいい。
私は今、先生に向かって話してる。
「それじゃあ君は…」
次のセリフはわかってる。私が先生に言いたくても言ってはいけないセリフ。
でも今日はいいよね？　セリフだから。

「愛してる。あなたのこと…愛してる」

妹とわかっても言いたかった…
妹じゃ言えない言葉を。

選考会は終わった。
結局ドラマに採用されたのは、どこかの芸能事務所から来た芸能人だった。
会場の外に出るとみんなが待っていた。
「絶対、理央のほうが上手かったって！」
「そうだよ。私なんかセリフ聞いて感動したもん！」
「かなりリアルだったよ」
「しょうがないよ。落ちたんだから」
私のために怒るみんなをなだめたけど、せっかく先生が応

援してくれたのに…それが残念だった。
「先生…ごめんなさい。落ちちゃった…」
私は途端にオーディションに落ちたことが悔しくなった。目に涙が溜まってきた。
そのとき事務所の人に呼ばれた。
行ってみると事務所の人にいきなり知らない人を紹介された。
挨拶して話して、みんなのところに戻ったときには、頭が真っ白になっていた。
「どうしたの理央？」
「ねえ！」
肩を叩かれて我に返った。
「なんか私、映画に出るみたい…」
「えっ!?」
「紹介された人が有名な監督で、さっきの私を見て、冬から撮影に入る映画に出したいって…」
みんな驚いた。私も驚いた。
「先生！　先生のおかげ！　ありがとう！」
私は嬉しくて涙が流れた。だって、こんな展開が私の人生にあったなんて思いもよらなかった。
みんな祝福してくれた。
以前の私のままだったら、こんな喜びを味わうことも無かっただろう。

先生とカオリ、事務所の人と別れて私たちは渋谷にくりだした。
「今日はお祝いだよ！」
「そう！　理央の映画デビューのね！」
みんな自分のことのように盛り上がっていた。
「まだ早いよ。実感無いし…」
私が言うとミホが、
「実感なんてあとから出てくるって！」
「そうだよ理央ちゃん！　それよりどこ行きたい？」
トモ子が聞いてきた。
「ん〜…カラオケ！」
「ええ!?」
私が言うとみんな驚いた。
「どうしたの？　そんな驚かなくっていいじゃん」
「いや、理央がカラオケなんてさあ…」
「そうそう、カラオケ苦手でほとんど行かないじゃん」
「聞きたいの！　みんなの歌！」
そう言ってカラオケに行った。
私はみんなの歌を聞いているだけで満足だった。
この子たちと出会ってほんとうによかったと今になって思う。
みんなで私を見捨てないでユウジの家まで来てくれた。
『私を見捨てないで…』
私は、役に立つからヒナ、ミホ、マキと付き合っていた。

だけど3人は私に友情を感じていたんだ…
私だけがそれに気がつかないでいた。先生に出逢うまでは。
トモ子はあんなにひどいことをした私を許してくれた。
みんな私にはもったいない最高の友達だ。
私はこれからみんなとは違う場所で生きていくことになるかもしれない。
でもこの子たちとはずっと付き合っていきたい。
歌ってはしゃいでいる4人を見て心底思った。
「次は理央の番だよ！」
いきなりヒナにマイクを振られた。
「私!?　私はいいよ…」
「聞きたぁーい！　理央ちゃんの歌！」
「ごめん、トモ子期待しないで。私、歌ダメなの」
「大丈夫だよ！　ビヨンセ入れといてあげたから♪」
ミホが歌本の洋楽ページを開いて「ワン・ナイト・オンリー」を見せた。
「理央は英語の歌超ウマイから！」
マキがトモ子にわざわざ説明してあげた。
こうなったら私も歌うしかないか…
私が歌うとみんなは超盛り上がりだった。
このあと、私は苦手な邦楽もデュエットしたりした。散々騒いでからクラブに行った。ナンパしてくる男共を全部シカトして女5人で盛り上がった。
いや…私だけは6人だった。

ナオコもいるような気がして…
『ナオコ…ずっとずっとあなたのこと感じているからね…』
そう心でつぶやくと涙が一筋流れた。
帰りはトモ子と一緒の電車に乗った。
帰りの電車でトモ子が言った。
「ねぇ、理央ちゃんはまだ先生のこと好きなの？」
「えっ？　何？　いきなり」
「だって、オーディションのセリフ、先生に言ってたんでしょう？」
「違うって！　私は本番に強いの！　だいたいフられたんだから」
みんなには兄妹だって言ってない。
私はトモ子の言葉もそっちのけで考えていた。
私が何か先生にできること。
迷惑ばっかかけたから何か恩返しがしたかった。私にできるのは一つしか無かった。
それも、私にしかできないこと。
しないといけないことだった…

第十九話　再会

理央の人生に光が射し始めていた。
心の傷から歪んだ道を歩んでいた少女が、誰に恥じることもない輝かしい道を歩きだそうとしている。そして僕は…残り少ない時間の中に理央のことを刻んでおこう…たとえこのあと、僕の身体は消えてしまっても、理央を想った僕はたしかにここにいたんだと…
僕がもう寝ようとしたとき、理央から電話が来た。
『もしもし、理央！』
「ああ、どうしたの？」
『うん…なんか眠れなくて』
「そう…そうだ！　昨日はおめでとう！」
『ありがとう』
「ほんとによかったよ。君が映画に抜擢されるなんて。昨日はあのあと友達にお祝いしてもらった？」
『うん…まあ、ね』
少し元気が無いような気がした。
「どうかした？　元気無いね？」
『ねぇ、先生』
「ん？」
『先生は…その…』

「なんだい？」
なんだか今日の理央は歯切れが悪い喋り方だった。オーディションに備えていたから疲れが出たんだろうか？
『私が妹ってわかってどう思った…？　いけないことしちゃったみたいに考えた…？　先生…後悔してるんじゃないかなぁって…私と逢って…』
理央に聞かれて改めて自分のあのときの心境を考えてみた。
ショックはあった。
だが僕の中に罪悪感はあったか…？
「してないよ」
『ほんとに…？』
「ああ、たしかにショックだった…だけど罪悪感みたいなものは感じなかったよ。僕が君と別れたのは、あくまでも今後の君の人生を考えてのことだ」
『先生が私とのことで後悔してないならよかった…あとさぁ…』
「なんだい？」
『私の…ううん、先生はお父さんのこと…嫌いじゃない？』
理央の口から父のことが出た。
僕は少し沈黙したあとで答えた。
「いや…嫌いというか…何も感じない…」
『そうなんだ…』
嘘だった。何も感じないはずがない。
ただ、整理できなかった…自分の感情を。

理央との電話を切ったあとにベッドに入りながら考えた。
薄明かりの天井を見つめて。

僕の父に対する感情は複雑だった。
たしかに父は僕と母を捨てた。
そのおかげで母は心のバランスを崩した。
悲しみのうちに人生を閉じた。
だがたしかなことは父がいなかったら理央と僕は出逢っていないということ。
そして僕は父に10歳まで育てられたということだ。
たとえ、次の年に捨てられたとしても…
理央と出逢うまで、父のことは僕の頭から消えていた。
自分には関係の無い人間だと。
いつの間にか眠ってしまうまで父のことを考えた。
あの人はいったいどんな心境でどういった人生を送ったのだろうかと…
普通なら父に対して激しい憎しみを抱いていても不思議ではない。
だが僕ははるか昔に自分の感情を壁に塗り込めてしまった。
長い年月がたち、理央と出逢うことにより湧きでた僕の感情に、父に対する憎しみは無かった。
理央と写っている写真を見たときも、さっき電話で話したときも、心の奥底に湧いたのは懐かしさだった。
もしも理央と出逢ってなければ…

あるいは死を間近にひかえてなければ、また違ったのだろうか？
人は人生そのものを選択することはできない。
与えられた人生の中でいくつかの道を選んでいくことしか…
理不尽な仕打ちもある。
強制的にその命を終わらせられるときも。
その中で精一杯生きるしかない…だとしたら僕は父に育てられたという事実のみを受け入れようと考えた。

それから日にちがたち、僕が大学を辞める日も近付いた。
資料の整理もあらかた終わって、僕の個室はさっぱりしたものだった。
こんな殺風景な部屋でも出ていくとなると愛着があるものだ。
この部屋で理央に授業もした。
僕が理央を初めて好きだと言ったのもここだった。
僕はしばらくいろいろ思い出していた。
ドアがノックされた。
今日は誰も来る予定は無い。学生の誰かか？
「どうぞ」
ドアが開いた。入ってきたのは…
「光輝…」
「父さん…」

父だった。
25年ぶりに父が僕の目の前にいた。
僕は言葉が出なかった。それは父も同じだった。
２人は黙って見つめ合うだけだった…
１人は懺悔(ざんげ)と懐かしさにかられた目で。もう１人は戸惑うだけの想いをあらわにして。
僕は父に椅子に座ってもらうとコーヒーをいれた。
父と向かい合って座ると妙な気分になった。
こんな日は今まで僕の予定には無かった。
父と再会することなど…
25年ぶりに見る父は、あたりまえだが僕の記憶にある父とは違う。白髪(しらが)もあり初老の域だ。
２人とも黙ったまま何も切りだせない。
「父さん、どうしたんだい今日は？」
僕が穏やかに話すと父は驚いた顔をした。
僕に家族を捨てたことを罵(ののし)られると思っていたのだろう。
だが父の口から言葉は出てこない。
「理央に聞いたのかい？」
「ああ」
やっと口を開いた。
「何もかも聞いたのかな？」
「ああ。最初は信じられなかった…おまえと理央が出逢って…」
「父さん」

「ん？」
「一つだけ言っておくけど、僕も理央も知らなかったんだ。兄妹ということは…」
「ああ、わかってる。それよりも光輝、私はおまえに謝りに来たんだ。おまえは私が憎くないのか？」
「不思議と憎くないよ」
「どうして？　私は自分の身勝手でおまえたちを捨てたんだぞ。そのせいで母さんやおまえを…」
自分でもこれほど穏やかに父と話せるとは思ってなかった。なぜだろうと考えたときに理央の顔が浮かんだ。
「父さん、僕はねえ、もう憎しみも悲しみも無いんだよ。穏やかなもんだ」
「どうして？」
「自分でもわからない。ただ、理央に逢ったおかげかな…」
「理央に!?」
「ああ。理央に逢うまでの僕は、感情を表に出せない人間だった…そのうちに喜びや悲しみがどんなものか忘れてしまった。でも、理央がそれを全て思い出させてくれたよ」
「理央が…」
「ああ、人を愛することの素晴らしさ。人の生きる意味。すべて理央が僕に教えてくれた。それだけで充分に幸せな人生だよ」
「光輝、私の家に住まないか？　一緒に。一緒に暮らさないか？」

「無理だよ。父さん」
「どうして？　やはり私を許せないか？　あたりまえだな…」
「違うよ。僕はもって２ヶ月だ。意外ともろいもんだよ」
それを聞いた父の顔は真っ青だった。
「おまえ、まさか…」
「ああ、だから理央の前からも消えようと思う。僕は理央の人生でマイナスにしかならない…」
父は黙ったままだった。
「父さん、理央は妊娠したときに父さんと理央のお母さんに軽蔑されたと思い込んでいる…だから理央を軽蔑しないでやってくれ。だれでも過ちを犯すときがあるんだから」
「軽蔑なんて…理央は私の娘だ」
「よかった。理央を頼みます。僕の分まで幸せにしてやってください」
「ああ、わかった。約束するよ。必ず」
「それと僕の病気のことは理央には言わないで。絶対に」
「わかった」
「あと父さん」
「なんだ？」
「僕を育ててくれてありがとう…僕は生まれてきてよかったと思っているよ」
僕は父に言いたかったことを死ぬ前にやっと言えた。理央と出逢ってから芽生えた正直な気持ちだった。

父は顔を両手で覆うと机につっぷして泣いた。

父の泣き声はいつまでも僕の耳に残った。

最終話　永遠の約束

遠くへ…　　光輝side

≪あのぉ…千葉さんの携帯ですよね？≫
≪失礼ですが、どちらにおかけですか？≫
僕が脳腫瘍で半年の命と言われた次の日、理央からの間違い電話があった。

≪その人やってませんよ。私見てましたから≫
≪あ、はい。そうだ、名前を……≫
≪理央。小澤理央！≫

それが僕と理央の出逢いだった。
僕は理央に対して特別な感情を抱いていることに気がついた。
そして理央は僕の生きる意味になった。
≪私と住もうよ。私が卒業したら≫
≪そうしよう≫
≪ホントに!?　約束だよ≫
だけど…
≪私、イイ妹でいるから…だから、私を嫌いにならないで

ね≫
理央は僕を捨てた父が作った新しい家庭で生まれた…
僕の妹だった。
僕は父に再会した。
父にとっては残酷な仕打ちだったかもしれない。
25年前に捨てた僕と実の娘の理央がそうとは知らず出逢っていたとは…
僕は理央のことを父に託した。
この先の彼女の人生を幸福に包んで欲しいと…

最近、前にも増して症状を自覚していた。
まだ意識がはっきりしている間に入院することにした。
僕は学生たちには他の大学に移るため退職すると伝え、挨拶もそこそこに大学をあとにした。
カオリの車に乗り、おじ夫婦の家に向かった。
必要なものはあらかた運び込んである。
あとは入院する日に移せばいい。
僕は理央のことをカオリに相談した。
理央には本当のことは言いたくなかった。
「ほんとうに言わないの？」
「ああ。君もこの前のオーディションを見ただろう？　理央の気持ちは以前と変わっていない。むしろ、妹として気持ちを抑えている分、前より強くなってるだろう」
「でも、あなたもそうなんでしょう？」

「そうだよ。だからわかる…僕が死ぬとわかったら…死んだことがわかったら…理央がどういう選択をするか僕にはわかるよ」
「たぶん、あなたを追って自殺するかも…」
「そうなんだ。だから絶対に理央には言えない。言ってはいけないんだ！」
「そう…」
カオリはまるで僕をとがめるような目をした。
「どうしたんだ？」
「それでいいの？」
「何が？」
「そんなときこそ一緒にいないといけないんじゃないの？」
「他に選択肢は無いよ…僕は理央に…生きて幸せになって欲しい…」
「だけどほんとうは…私はあなたはあの子と一緒にいたほうがいいと思うの！」
「僕には自信が無い…彼女を説得する自信が無いんだ…1人で生きていけと言う…」

もう夏だった。
蟬(せみ)の声が僕の耳に入ってきた。
僕は海を思い出した。
幼い頃家族で行った海を。
死ぬ前にあの頃に帰りたかった。

なんの不安も不満も無い…
無邪気で安心していたあの頃に。
僕の人生から理央を除いたらそれしか幸せが無かった…
逃避というのはわかっていた。
「あの子…あなたのことを話すときはほんとうに楽しそうに、嬉しそうに話すの」
「えっ？」
「最近ね。たまに電話で話してるの。なんだか心配で…あの子大丈夫かなって」
そう言ったときのカオリの顔は優しさと憂いに満ちていた。
「大丈夫だよ。理央には家族もいる。頼もしい友人もいる」
「でもあの子が望んでいるのはあなたとの触れ合いや時間じゃないの？　共に過ごす。その上であなたと現実を共有するのが一番だと思うの」
カオリの言うことはもっともだと思った。
ほんとうに僕がしなくてはいけないことは、理央に本当のことを打ち明けて尚、彼女にまっすぐ生きてもらうことだった。

しかし、僕には言葉が無い。
やがて死別するという現実を共有して見つめたとして、どう言えば理央が僕の死を乗り越えて生きていくようにできるのかわからなかった…結局、２人で相談した結果は、理央にも学生たちと同じように転勤すると伝えることだった。

最後にカオリが念を押すように聞いた。
「ほんとにそれでいいの？」
僕は答えなかった。

私が守る！　理央side

オーディションはダメだったけど、私は映画に出ることになった。
親と学校には報告して許可をもらった。
事務所の社長からはお祝いに中華料理をおごってもらい、私にマネージャーが付くことになった。
スポーツマン系の真面目そうな口調の人だった。
私が売れれば事務所も儲かる。
でも年上のマネージャーに「理央さん」と呼ばれるのは変な感じだった。
社長が言うには、今はまだ大丈夫だけど映画の製作発表がされれば間違いなく私の日常は変わるって。
今までもモデルやってたから、街歩いてて知らない人から声かけられることはあった。
でもそんなものじゃないらしい。
学校でも噂は広まって他のクラスの子とかが休み時間のたびに私を見に来たり、後輩から手紙もらったりで、私の日常はもう変わってきていた。

「理央ヤバいよ、これ」
ヒナたちがよってきた。
「なんかさぁ、私たちにも来るんだよね。理央に手紙渡してって」
そんなことにまでなってたんだ!
「なんか、ゴメンね」
「理央、知ってる? ほら、B組のサオリ」
「だれ?」
「知らない? ほら、理央のことライバル視してるヤツ」
「ああ! あのちょっと可愛い子?」
「そう! サオリのヤツ、理央が映画出るって聞いて、渋谷と原宿を三往復したらしいよ。スカウトされたくて」
「そうなの? 大変だね」
「そしたら声かけてきたのは全部AVだったんだって!」
そういえばそんな子いた。
私をライバル視してるくせに私には下手に出てくる子。
「トモ子どした?」
「ん? どうもしないよ」
そういえば最近、トモ子は口数少ない。
どうしたんだろ?
学校の帰りにヒナたちと別れてからトモ子を呼んで話した。
「最近、何かあった?」
「ねぇ、理央ちゃん、先生にフられたってホントなの?」
「ホントだよ」

学校から離れた場所なら邪魔も入らない。
私は地元のマックで話した。
「でも先生は元彼とのときも助けに来たし、オーディションのときも見に来たし…」
「ヒマだったんだよ。それだけ」
「好きなんじゃないの？　ホントは？　だからお互いにストラップ付けてるし…」
「ああ、これはカワイイから気に入ってるだけだって」
「ならいいけど…」
「トモ子そんなこと気にしてたの？」
「うん」
「ありがとう。心配してくれて。でも大丈夫だから心配しないで！」
トモ子と別れてから考えた。
社長が言ってみたいに、日常が変われば先生のこと考えたり想ったりすることも無くなるのかなぁ…
でもそんなの絶対イヤだ！
私が先生のこと好きなのは変わらない。
どんなことになっても。

夜になってから先生に電話して最近の私のことを話した。
『やっぱり想像以上に大変だね』
「大丈夫！　慣れるって」
『そうだ、僕も生活変わるんだよ』

「どうしたの？」
『今度、大阪の大学に転勤するんだ。准教授になるらしいよ』
「素敵！…でもいなくなるの？　私の前から…」
『そうじゃないよ。ただ、遠くなるだけだ。大丈夫！　新幹線に乗れば２時間半で逢えるよ。昼寝してる間に着く』
「そうだね！　いつ行くの？」
『週末だよ。週明けには向こうの教授に挨拶もしないといけないし』
「私、週末はレッスンあるから見送り行けないから」
『ああ、別にお別れじゃない。いつでも逢えるよ』
「先生、私、頑張るから見ててね！」
『ああ』
電話を切って私は見送りには絶対行かないと自分に言いきかせた。
いつでも逢える。
だから今は目の前のことに集中しよう。

それから１週間たった。
昼休み。みんなとお昼を食べながら、私は教室の窓から空をボサッと眺めていた。
「理央！」
「ん？　どうしたの？」
「どうしたのじゃなくて、疲れてる？」

「うん…最近ハードだから」
相変わらず私を取り巻く環境は変わらない。
騒がしいまんま…
「今度の土曜日空いてる?」
「うん。たしか空いてる」
「じゃあ、久々にみんなで遊ばない?」
「いいね!」
「そういえば先生どうしてるの? 最近」
「ああ、引っ越したよ」
私は全然関心が無いみたいに言った。
「そうなんだ!」
「どこに?」
「大阪」
トモ子が心配そうな目で私を見た。
私は心配させないようにわざと言った。
「これから忙しくなるんだから。失恋なんて気にしてるヒマ無いって!」

学校は夏休みに入った。
映画の製作発表が行われて私の日常は激変した。
撮影は11月から始まる。
それに備えてレッスンの時間も増えた。
先生に電話する回数もだんだん減った。
でも私はいつも先生のことを考えてた。

夜、1人のときは逢いたくて泣いたこともある。
でも我慢した。

9月に入ったある日。
私は珍しく週末休みで家にいた。
最近はパパとママから以前に感じていたような絶望と軽蔑は感じない…
今思えば私が勝手に思い込んでいただけかも…
携帯が鳴った。
カオリさんだ。最近はたまに電話をくれる。
私と先生のこと知ってるから気にかけてくれてるみたい。
といってもいつも他愛も無い会話だけれど、最近はちょっと仲良くなってきた。
今日はなんだろう？
「はい！」
電話に出るとカオリさんは少しパニクッてた。
話を聞くうちに私は頭を何かで強く殴られたような気がした。

先生が死んじゃう！
そんなに悪い病気だった!?
転勤も嘘だった！
安静にしてないといけないのに病院を抜けだしてどこにいるのかわからない…

先生には絶対に私に言うなと言われてたけど、心あたりを捜しても見つからなくて私に電話したとカオリさんは言った。
電話を切ったあと私は不思議と冷静だった。
今は泣いてるヒマは無い。
先生に逢いに行かないと…
先生は独りでいっぱい我慢してたのかもしれない…
怖いのや寂しいのを。
私が先生を守らなきゃ！
私が震えて壊れそうなときに温かく包んでくれたのは先生だった。
今度は私が先生を包んであげないと。
独りで寂しいのなら一緒に死んでもいい…
私はもう我慢するのをやめた。

静かな海　光輝side

僕は今、泣きたいほど懐かしい海へ来ていた。
父と母と3人で来た思い出の海へ。僕たちが泊まった国民宿舎は新築されていた。
浜辺の中程には大きなホテルが建っている。
だが町並みはそれほど変わっていない。
商店街の通りは広いが車の通行はほとんど無く、脇道を見

ると海が見える。
突きあたりには小さな書店があり、店の半分が文具店なのも昔のままだ。
脇道に入り小さな公園を抜けると浜辺に出た。
そこには昔と変わらない海が広がっていた。
波間にキラキラと陽射しが反射している。
その上には白い雲を浮かべた青い空が広がっていた。
海風が優しく僕の頬をなでた。
海水浴シーズンもオフになったためか人の姿は無い。
左手には波止場と漁港があり、右手には小さな社(やしろ)がある岩山がある。
建物がどうなろうと浜辺から眺める海は変わらない。
僕はポケットから電源を切った携帯を取りだした。
カオリには何も言わずに１人で来た。
今頃はさぞ心配しているだろう……

だが海に行きたいと言えば反対されるか１人にはできないとついてくるに決まっている。
僕はどうしてもここに１人で来かった。
ここが家族の幸福の象徴だからだ。……
思えばこの海を思い出したのも理央のおかげだった。
理央と２人で行った海が思い出させてくれた。
理央……
誰よりも綺麗で優しく温かい理央。

理央は今頃どうしているだろう？
僕の病気を知らず、僕が転勤していると思っている……
二度と逢えないにもかかわらず、いつでも逢えると信じて。
ストラップがカチカチと揺れていた。
僕と理央をつなぐ絆が。

理央が僕たちの出逢いは携帯がキッカケだからと言ってこのストラップを買おうとしたのを、僕がプレゼントした。
理央のことを考えると自然と口許(くちもと)がほころんだ。
初めて理央と出逢ったときに見せた無邪気な笑顔。
そして僕を癒した明るさ、温かい優しさ、理央はまるで照り付ける太陽のように精一杯の想いを僕に与えてくれた。
今の僕の中には理央しかなかった。
死に対する恐怖は無い。
ただ彼女には幸せになって欲しいという想いだけだった。

どのくらい海を眺めていただろう。浜辺のすみに人影が見えた。
理央!?
長い髪を風になびかせて僕を見つけた理央は僕に向かって走りだした。
僕の側まで来ると座り込んだ。その顔は今にも泣きだしそうだった。
「先生！　カオリさんから聞いたよ……死んじゃうの？

先生死んじゃうの!?」
僕の一番恐れていたことがついに起きた。
理央に僕の病気を知られてしまった。
「どうして私になんにも言わないの!? 教えてくれないの!? どうして独りで我慢するの!?」
僕には言葉が無かった。
「先生が死ぬなら私も! 私も死ぬ!」
「何を言ってるんだ!!」
「先生がいない世界なんてイヤだよ! 私には先生しかないの!」
「いいか? 君が死んだらみんなが悲しむんだ! 僕は…僕は…君が死ぬのはイヤだ。こんな形で!」
「でも…」
「君は死んじゃダメだ! この先の長い時間を幸せに生きてくれ」
「でも…その時間に先生はいないんでしょう? 私はそんな時間なんかいらない!」
「ダメだ。お願いだから死なないでくれ」
「先生、ダメなの? 手術とかで、治らないの?」
「無理だ。手術が成功しても根治の可能性は極めて低い。場合によっては重大な後遺症も残る…1人で満足に生活できないかもしれない」
「だったら私がいるじゃない! 私、側にいたい! 先生が生きてる間ずっと側にいたい!」

「理央！　君はこれから映画の撮影もあるし、お父さんとお母さん、友達…大勢の人が待ってるんだ！」
「イヤ！　映画なんて、芸能界なんてどうでもいい！　パパやママや友達よりも先生の側にいたいの！」
「ダメだ！　君は自分で自分の可能性をつぶすのか？」
「だって、私には、私には先生しかいないんだもの！　先生のこと大好きなんだもの!!」
そう叫ぶと理央は抱きついて泣きじゃくった。
僕は理央の気持ちに応えられないことがこれほど切ないことは無かった。
「先生が私のこと妹としか思ってなくてもいい。先生の側にいさせて…先生のこと…愛しているの！」
僕は胸に顔をうずめて泣く理央をそっとひき離すと、理央の瞳を見つめて言った。
「理央。僕は君が妹とわかっても、君を妹と思ったことは無い…いつも１人の女性として愛していたよ」
「先生…」
「僕が脳腫瘍であと半年の命と告げられた次の日に君から間違い電話が来た。そして君に出逢えた。君は僕が忘れていた…悲しみに涙すること、喜びを感じ、人を愛することの素晴らしさを思い出させてくれた。君は僕を救ってくれたんだ。君は僕の人生に舞い降りた天使だ…僕は君に出逢えて嬉しかった」
「そんなこと…」

「光輝…光り輝く人生を送れるようにと僕の両親が付けた名前だ。僕は君に…僕の分も光り輝く人生を歩いて欲しいんだ。だれよりも愛する君に…」
泣き崩れていた理央は涙を拭うと顔を上げた。
「…わかった。私、先生の分もまっすぐ生きるよ…」
「ありがとう…」
僕は続けた。
「理央、僕はね…人は意味も無く生まれてきてただ死んでいく…そう思ってた。ただそれだけの存在なんだと」
「私も、おんなじようなこと思ってた」
「だけどそうじゃなかった…君に出逢えてから、君が僕の生きる意味になったんだ。君の笑顔、温もり、喜びや悲しみ…僕はそれを求めて、出逢ってから今日まで生きていた」
「うん…私も」
理央は涙を拭うと僕を見つめて言った。
「先生、お願い。手術を受けて」
「さっきも言ったとおり奇跡でも起きない限り…」
「先生、私たちはどうやって出逢った？」
「君の電話が…」
「そうだよ！　私が…あの日知り合いに電話したら、その人の番号を先生が使ってたから……偶然、同じ電車の同じ車両に乗ってたから……友達に言ったら奇跡だって、運命だって言ってたよ！　もう奇跡は起きてるんだよ、私たちが出逢ってから……だから成功するよ！　私、信じてる！」

理央の瞳は必死だった。
「成功しても……」
「障害が残るかもしれないけど……私がいるよ。ずっとずっと私が一緒にいる！」
僕は理央の顔を見つめた。
涙に濡れたその顔には悲しみの色は無く、希望を信じてうたがわない強さに満ちていた。
「私、先生と一緒にいたい。先生が生きててくれるなら……どんなことになっても、1日でも永く一緒にいられるなら……」
「僕が君のことをわからなくなってもか？」
「大丈夫！　私が覚えてるから」
「わかった…その代わり約束して欲しい」
「なに…？」
「さっきも言ったとおり成功率は極めて低い。もし、ダメだったとしても君は生きるんだ。まっすぐ前を見て生きて欲しい。君らしく、本当の君を見失わずに…僕は見ているから、どんなに遠くても見ているから」
「うん。約束する…指切りだね…」
僕たちはより添ったまま小指を絡めた。
「先生、私も約束して欲しいの…」
「何を？」
「先生が……元気になったら、手術が成功したら一緒に住もうよ。ここに、先生の思い出の海に一緒に住もうよ、私

とずっと一緒に」
「ああ」
「約束だよ」
「わかった」
理央は僕の胸に顔をうずめた。
「先生、指切らないで……もう少しこうしていたい……」
「ああ」
それからしばらく僕たちはそのまま海を眺めていた…
海から吹く風に優しく抱かれていると、波の音しか聞こえない世界にいるようだった…
やがては波の音も聞こえなくなり、静かな世界が訪れた。
絡めた指先から互いの鼓動だけが聞こえる……
あの日、幸福の只中で２人で海を眺めたように……

温もりを忘れない　理央side

先生は私との約束を守って手術を受けてくれた。
そのときには軽度の記憶障害に加えて半身マヒも進んでいた。
全ての腫瘍を取り除くことはできなかった。
手術が終わってから４日目に先生の意識は戻った。
目が覚めた先生は半身マヒ、言語障害、そして…記憶障害で私のことを覚えていなかった。

私だけでなく自分のことさえも…
それからの私は時間が許す限り先生の側にいた。
学校、映画の仕事、先生との約束を守って一生懸命にこなした。
それ以外の時間は先生の介護に費やした。
素人の私にできることはたかが知れている。
それでも、いつも「先生」と呼びかけた。
そして２人で映画を観たこと、海に行ったことを話した。
先生の目には私はどう映っているんだろう？
見知らぬ女がいつも病室に来るみたいなんだろうか…？
身体もほとんど動かず言葉も喋れない、そんな先生を見ていると私はまるで心臓をキリで刺されるように胸が痛かった。
わずかに動く先生の指を握りしめて泣くのを我慢した。
たとえ私のことが誰だかわからなくても…
側にいる私が泣いたら先生も悲しくなって泣いてしまう…
そんな気がした。

３ヶ月もした頃、先生は意識が無くなり昏睡状態になった。
慌ただしく駆けまわる医者と看護師を見ていて、かなり危険な状態だとわかった。
お願いします！　どうか先生を助けて!!
私は死んでもいいから先生を助けてください！
病室のすみで私は神様にお願いした。

私のことがわからなくても…もう私の名前を呼んでくれなくても…それでもいいから死なないで…！
医者の口から出た言葉は私にとって死刑にも等しい言葉だった。
「もう…あとわずだと…ご家族に連絡してください」
その言葉を聞いたあと、どうやってカオリさんに連絡したのかは覚えていない。
誰もいなくなった病室で先生が寝ているベッドの横に座って、カオリさんと先生のおじさんが来るのを待っていた。
窓からの月明かりだけが真っ暗な病室を照らしていた。
ピッ…ピッ…ピッ…機械の電子音が一定のリズムで先生の鼓動を刻んでいる。この弱々しい音が先生の生きてる証拠。
このままだと先生は死んでしまう…
そう思ったとき思わず先生の手を握りしめた。
私は先生の手を自分の頬にあてるとシーツに顔を伏せた。
先生にこんな姿になっても生きていて欲しいなんて私の自分勝手な都合だったんだ…今まで我慢していた涙が止め処も無く流れだした。
「先生…先生…ごめんなさい…」
先生と私の２人だけの病室に私のすすり泣く声が響いていた。
そのとき私の頭の上に何かが触れた。
信じられなかった…私の頭の上に触れたのは先生の手だった。

まるで私の頭をなでるように…
「先生…！」
私が顔を上げると先生は身体を起こして私の頭に手を置いて私を見ていた。
夢を見ているのかと思った…
だって先生はほとんど全身がマヒしていて、しかも意識が無くなって危篤状態だったのに…
「…オ…」
先生の口が動いた。
「なに!? 先生、なに!?」
「ィ…オ…」
「え…」
「リィ…オ」
頭の中が真っ白になった。先生が私の名前を呼んでくれた！ 私の顔も、名前もわからないはずなのに…！
「先生！ 私だよ！ 理央!!」
「理…央…」
「先生…」
涙でぐしゃぐしゃになった私の顔を見て先生は微笑んでくれたように見えた。
ほんの何秒か私と先生は見つめ合った。
先生の瞳は以前と変わらず優しく私を見つめてくれた。
「先生…私…」
嬉しくて…ほんとうに嬉しくて言葉が続かない…

私の力無い言葉に先生は反応するように震える小指を私の前に出した。
私はとっさに先生の小指に自分の指を絡ませた。
いつも私たちがしていた指切り…思い出してくれたんだ…
先生の指と私の指が絡まったのを見てからもう一度先生を見ると、先生は目を閉じていてぐったりとうなだれていた。
気がつくと鼓動の代わりの電子音はピ———という単音になっていた。
「先生！　先生!!」
もうどんなに叫んでも呼んでも、身体を揺すっても先生は目を開かなかった。
「先生…光輝……」
先生の顔は私に微笑んだままだった。
私はまだ温かい先生を抱きしめた。
絡めた指先も温かい…だけど鼓動は伝わってこなかった。
抱きしめたまま私は泣いた…涙はあとからあとから溢れてきた。独りで泣くだけ泣いた。
先生とのことを思い出しながら。
初めて先生の声を聞いたとき、自分の中に不思議な感情が芽生えた。
電車で逢ったとき、私の心は嬉しさでいっぱいになった。
ときめいて、心臓がドキドキして、胸を締め付けるような嬉しさが"愛"している感情なんだとわかった。
私は思い出した…

あの海で先生と最後に指切りした約束を…
先生はその約束をもう一度、遠くに逝ってしまう前にもう一度してくれたんだね…
あの日、静かな海で私は先生と２人で指切りをしながら座っていた。

≪ねぇ、先生≫
≪ん？≫
≪生まれ変わりとかあるかなぁ？≫
≪どうして？≫
≪私、生まれ変わるならまた先生と逢いたい…次も、その次も…≫
≪大丈夫。逢えるよ。きっと≫
≪どうやって？≫
≪君が僕に電話をかけてくれるよ…そうやっていつまでも一緒にいられるよ…≫
≪どうしてそう思うの？≫
≪だって、愛する２人は…≫
≪そういうものだよ…ね≫
≪ああ≫
≪じゃあ、それも約束だよ…≫
そう約束すると私と先生は２人で微笑み合ったんだっけ……
カオリと先生のおじさんたちが来るまで私は先生を抱きし

めていた。ずっと温もりを忘れないように……
そしてだんだんと薄れていく温もりを感じながらそっと言った。

　　　　先生…私のこと愛してくれてありがとう…

エピローグ　きっと見てくれてる

私は20歳になった。
映画に出てからは学校もろくに行くヒマが無いくらいハードスケジュールだった。
それでも卒業だけはしたけど進学はあきらめた。
今も忙しいのは変わらない。
ちゃんとした休みは3ヶ月先まで無い。
今日もドラマのロケのあとは雑誌のグラビア撮り、夜はラジオのトーク番組と続いてる。
でもたまたまロケがカオリの会社の側だから撮影のあいまに抜けだしてお茶することにした。

待ち合わせの喫茶店に行くとカオリが先に来てた。
カオリは会社で結構偉くなってて、なんとか室長とか肩書きが付いてた。
「大丈夫なの？　抜けだしてきて」
相変わらずモデルみたいな髪形。
「大丈夫。準備できたらマネから連絡来るから」
「でも信じられない。私とあの部屋で言い争った子が…あんた毎日TV出てない？」
「休み無いんだからあたりまえだよ」

周りのお客も私たちに気がついてチラチラ見ている。
「あ、あなたに会うって言ったら部長からこれ頼まれちゃって…ゴメンね」
カオリはバッグから色紙を出した。
「ああ、サインね！　オッケー！」
カオリは去年、会社の部下だっていう年下の男と結婚した。
私も式に出席した。
カオリのグチを笑いながら聞いてたら携帯が鳴った。
マネージャーからだ。

私の携帯にはストラップが二つ付いてる。
一つはVUITTONのピンクのキューブ型のストラップ。
もう一つはお揃いの白いキューブ型。
カオリはじっと見てた。電話を切ると、
「準備できたって？」
「うん。私行くね！　カオリさんは？」
「あー、私はもう少しいる。会議出たくないから」
「じゃあ、またね！」
私が席を立つとカオリが呼び止めた。
「理央。きっと見ているわ…きっと。頑張ってね」
「ありがとう！」
私は喫茶店を出るとロケ現場に向かった。

私は生きている。
前を向いて、自分を見失わずに…
私は先生に教わった…
どんな絶望や悲しみがあっても…
"生きる" ということをあきらめずに…
"生きる" ことが人生の意味なんだと…

ねぇ、先生…
私は先生との約束、ちゃんと守ってるよ。
まっすぐ前を見て生きてるよ。
私らしく。
自分を見失わずに。
だから先生も見ていてね…
どんなに遠くても…
ずっといつまでも…
見ていてね…

【END】

あとがき

はじめまして、sin（シン）です。
この度は『天使の恋』を手に取っていただきありがとうございます。
『天使の恋』は以前、他社より書籍として発売されました。
もう３年も前のことですが過去の作品を再びこうして皆様の前に発表できることは読んでくださった皆様のおかげだと思っています。
ほんとうにありがとうございました。

今回、改めて『天使の恋』を出版させていただき、いくつかの物語を追加し読みやすいように修正しました。

最初にこの物語を書こうと思ったきっかけは「モラルの一線を踏み越えてしまう」とか「生きる意味」とか生きていくうえで関わってくる友達や家族、人との出会いについて自分なりに表現してみたいと思ったからです。

主人公の理央のイメージは近くにいるだけで圧倒されてしまうような"カリスマ的"イメージなので、モデルの設定にしました。
頑張り屋のイメージも付けたかったので、勉強も手を抜か

ないキャラクターにしました。

理央はある事件がきっかけで、人を信用せず悪い事をしてしまいます。
この物語はフィクションですが、現実でも過ちを犯してしまうきっかけはたくさんあると思います。
誰にでもそうなるきっかけはあるし、ときには自分の周りの人を巻き込んでしまうこともあるでしょう。

でも過ちに気がついて後悔したときから人はやり直せるし、改めて周りの人の大切さに気がつくんじゃないかと思います。
そのきっかけは恋愛だけに限らず、毎日の友達や家族との関わりの中にもあるんじゃないかと思いました。

最後になりますが、これからも自分なりに何かしらテーマを持った作品を書いていけたらと思っています。
ここまで読んでいただいてほんとうにありがとうございました。

sin

※この物語はフィクションです。実在の人物・団体等は一切関係ありません。作品中一部、飲酒・喫煙等に関する表記がありますが、未成年者の飲酒・喫煙等は法律で禁止されています。

本書に対するご意見、ご感想をお寄せください。

あて先

〒102-8584
東京都千代田区富士見1-8-19

アスキー・メディアワークス
魔法のiらんど文庫編集部
「sin先生」係

著者・sin ホームページ

「『天使の恋』作家sinのホームへ」
http://ip.tosp.co.jp/i.asp?I=tenshinokoi0707

「魔法の図書館」

（魔法のいらんど内）
http://4646.maho.jp/

会員数600万人、月間PV27億を誇る日本最大級の携帯電話向け無料ホームページ作成サービス（PCでの利用も可）。魔法のいらんど独自の小説執筆・公開機能「BOOK機能」を利用したアマチュア作家が急増。これを受けて2006年3月には、ケータイ小説総合サイト「魔法の図書館」をオープンした。ミリオンセラーとなった『恋空』（著：美嘉、2007年映画化）をはじめ、2009年映画化『携帯彼氏』（著：kagen）、2008年コミック化『S彼氏上々』（著：ももしろ）など大ヒット作品を生み出している。魔法のいらんど上の公開作品は現在230万タイトルを超え、書籍化された小説はこれまでに420タイトル以上、累計発行部数は2,600万部を突破。教育分野へのモバイル啓蒙活動ほか、ケータイクリエイターの登竜門的コンクール「いらんど大賞」を開催するなど日本のモバイルカルチャーを日々牽引し続けている。（数字は2011年7月末）

魔法のiらんど文庫

天使の恋

2011年11月25日 初版発行

....

著者 sin

装丁・デザイン カマベヨシヒコ(ZEN)

発行者 髙野 潔

発行所 株式会社アスキー・メディアワークス
〒102-8584
東京都千代田区富士見1-8-19
電話03-5216-8376(編集)

発売元 株式会社角川グループパブリッシング
〒102-8177
東京都千代田区富士見2-13-3
電話03-3238-8605(営業)

印刷・製本 大日本印刷株式会社

....

本書は、法令に定めのある場合を除き、複製・複写することはできません。また、本書のスキャン、電子データ化等の無断複製は、著作権法上での例外を除き、禁じられています。代行業者等の第三者に依頼して本書のスキャン、電子データ化等をおこなうことは、私的使用の目的であっても認められておらず、著作権法に違反します。落丁・乱丁本はお取り替えいたします。購入された書店名を明記して、株式会社アスキー・メディアワークス生産管理部あてにお送りください。送料小社負担にてお取り替えいたします。但し、古書店で本書を購入されている場合はお取り替えできません。定価はカバーに表示してあります。なお、本書および付属物に関して、記述・収録内容を超えるご質問にはお答えできませんので、ご了承ください。

小社ホームページ http://asciimw.jp/

©2011 Sin / ASCII MEDIA WORKS Printed in Japan
ISBN978-4-04-870992-7 C0193

魔法のiらんど文庫創刊のことば

『魔法のiらんど』は広大な大地です。その大地に若くて新しい世代の人々が、さまざまな夢と感動の種を蒔いています。私達は、その夢や感動の種が育ち、花となり輝きを増すように、土地を耕し水をまき、健全で安心・安全なケータイネットワークコミュニケーションの新しい文化の場を創ってきました。その『魔法のiらんど』から生まれた物語は、著者と読者が一体となって、感動のキャッチボールをしながら生み出された、まったく新しい創造物です。

そしていつしか私達は、多数の読者から、ケータイで既に何回も読んでしまったはずの物語を「自分の大切な宝物」、「心の支え」として、いつも自分の身の回りに置いておきたいと切望する声を受け取るようになりました。

現代というこのスピードの速い時代に、ケータイインターネットという双方向通信の新しい技術によって、今、私達は人類史上、かつて例を見ない巨大な変革期を迎えようとしています。私達は、既成の枠をこえて生まれた数々の新しい物語を、新鮮で強烈な新しい形の文庫として再創造し、日本のこれからをかたちづくる若くて新しい世代の人々に、心をこめて届けたいと思っています。

この文庫が「日本の新しい文化の発信地」となり、読む感動、手の中にある喜び、あるいは精神の支えとして、多くの人々の心の一隅を占めるものとなることを信じ、ここに『魔法のiらんど文庫』を出版します。

2007年10月25日

魔法のiらんど
谷井 玲